NERO ETERNO

MARCELLO KIESEL
LIBRO UNO

DAVID FALCHI

Benvenuti in un viaggio emozionante con LMBPN® International! Iscriviti alla nostra newsletter per accedere ad aggiornamenti esclusivi e contenuti gratuiti.

Come nostro stimato abbonato, godrai di un'esperienza ricca piena di sorprese. Immergiti in nuovi mondi, intuizioni uniche e storie emozionanti che ti aspettano. Unisciti ora, diventa parte dell'avventura internazionale LMBPN® e diventa davvero parte della storia!

https://lmbpn.com/it/newsletter/

LMBPN® International
2375 E. Tropicana Avenue
Suite 8-305
Las Vegas, NV, USA 89119
https://lmbpninternational.com/it/

Copertina flessibile ISBN: 979-8-89354-068-0

CAPITOLO
UNO

Un martello cadde dalla parete di metallo quando lo spirito tentò di attraversarla. Un ululato di frustrazione riempì il piccolo capanno degli attrezzi, e io mossi un passo in avanti, sollevando lo specchio che tenevo nella mano destra. Se la luce proveniente dallo spirito era azzurrognola ed eterea, quella emanata dalla superficie riflettente era opaca – una sorte di anti-luce, se possibile – e pareva attirare a sé qualunque altra fonte luminosa. Guardando nei pressi della cornice, l'oscurità appariva più fitta che mai.

«Non puoi lasciare questo posto», dissi. «È circondato da una difesa solida.»

In tutta risposta, lo spirito saettò verso la parete opposta, abbattendosi contro la barriera invisibile. Aveva appena scoperto che non stavo bluffando. Eppure, rimbalzando come la palla di un flipper, l'entità scattò lontano da me, in direzione del muro opposto all'entrata. Parve spandersi su quella super-ficie e qualcosa di simile a un mantice si staccò e rimbalzò a terra con un tonfo. Un altro tonfo mi raggiunse dalla porta sgangherata alle mie spalle. Era il padrone di casa, il signor O'Flynn, che non accennava a seguire i miei consigli.

Una risatina si levò dallo specchio, facendo tremolare quella luce sinistra, poi una voce disse: «Non sa che è stato fortunato. Questo poveraccio neanche è in grado di parlare. Figuriamoci se potrebbe prendere possesso di un essere vivente.»

Mi mossi di un altro passo in avanti, continuando a recitare il sortilegio che avevo utilizzato per spingere lo spirito all'interno del capanno. Quando fui sicuro di avere la sua attenzione, mi fermai al centro della stanza, intonando un'altra formula, quella che mi avrebbe permesso di condurlo dove volevo.

Addolcii la voce e aggiunsi: «So che è tutto molto confuso e che non riconosci questo mondo. Ma se mi presti ascolto posso offrirti una via di fuga.»

Lo spirito si bloccò e per un istante assunse i lineamenti di un uomo sulla quarantina. Non era troppo dissimile dal signor O'Flynn – che grazie al cielo aveva smesso di bussare alla porta – e immaginai fosse un suo lontano parente. Ecco cosa aveva risvegliato quell'entità. Un contatto. Aprì la bocca per dire qualcosa, ma non riuscii a udire nulla. Era ancora troppo stordito per poter comunicare. Era un bene. Voleva dire che non aveva ancora sviluppato un attaccamento al piano materiale.

«Non dire nulla. Ascolta la mia voce e bassa. E guarda il mio specchio.» Lo sollevai ancora più in alto e gli occhi dello spirito di focalizzarono sulla sua superficie opaca. Un attimo dopo il viso assunse la forma di un teschio scarnificato, per poi trasformarsi in una macchia confusa. Ma i suoi movimenti si erano fatti meno frenetici. Alzai l'altra mano, intonando di nuovo la formula che lo avrebbe liberato. Un vortice si propagò dallo specchio, arrivando fino al soffitto, facendo danzare i filamenti di ragnatela ormai pregni di polvere e sporco. Una liana di tela mi cadde sul viso e mi limitai a scuotere il capo per liberarmene, senza smettere di recitare la formula. «Segui il passaggio. So che lo vedi. Smettila di concentrarti sullo specchio, è soltanto uno strumento.»

Una trappola, più che uno strumento, ma il vecchio antenato di O'Flynn non aveva bisogno di saperlo. Dopo aver esitato per un istante, fu come se si fosse lasciato andare. L'entità si confuse nel turbine luminoso e per un istante vidi il cielo sovrastante mentre il mondo spirituale e quello materiale si frapponevano, poi rimase soltanto il lucore spettrale proveniente dallo specchio. Dopo un'ultima risatina, anche quello scintillio si spense, e finalmente mi ritrovai circondato soltanto dal silenzio, dall'oscurità, e dalla polvere del capanno.

«Probabilmente sono stati i lavori di ristrutturazione che hanno risvegliato lo spirito», spiegai al signor O'Flynn, di nuovo nella cucina della casa principale. Il freddo era onnipresente, così come l'umidità, ma per il mio cliente la cosa non aveva importanza. Mentre io mi stringevo nel cappotto, lui se ne stava stravaccato sulla sedia di legno, un bicchiere pieno di whisky appoggiato sul tavolo consumato. «Ma adesso se n'è andato», conclusi. Ignorai il fatto che fosse un suo antenato. Non ne avevo la certezza, dopotutto.

Il signor O'Flynn si passò una mano sui ciuffi scapigliati che aveva in testa. «Quindi non c'è un demone in casa mia?» Il suo inglese era talmente deformato dall'accento irlandese che lo comprendevo a malapena.

«No, le assicuro che non c'è alcun demone. Può entrare nel capanno, se vuole.»

«Sì.» Il signor O'Flynn annuì, forse per convincere se stesso. «Sì, credo che andrò a dare un'occhiata.»

Senza attendere una risposta, si alzò e lasciò la cucina. Altra aria gelida entrò nella casa e per riscaldarmi bevvi un sorso di liquore. Era molto più forte di quello cui ero abituato, e il sapore del legno era intenso. Normalmente i clienti si fidavano della mia parola, ma O'Flynn aveva il carattere testardo di un uomo vissuto in campagna. Restò nel capanno per cinque minuti buoni prima di tornare da me. Avevo già svuotato metà bicchiere.

«Non c'è più», disse, sfregandosi le mani. «Grazie, amico.»

Passai una mano sulla custodia che conteneva lo specchio. «Non c'è di che.»

Il volto di O'Flynn tornò serio. «Non è rimasto niente di... stregonesco, qui dentro, vero?»

Lo guardai negli occhi. «No. Persisterà un incantesimo di protezione, ma niente che un vivo potrebbe percepire.»

«Bene. Molto bene. Allora posso far venire i miei nipoti a coltivare i terreni. E vorrei far venire anche qualche gregge. Grazie. Ancora grazie.» Si alzò di nuovo e tornò con una bottiglia di liquido ambrato e ricoperta di polvere. Mi strizzò l'occhio. «Questa la facciamo noi. Forse non è proprio legale, ma fa il suo lavoro.»

A volte capitavano persone terrorizzate, altre volte curiose e altre volte ancora persino affascinate da qualunque cosa avesse invaso le loro abitazioni. E a volte incontravi un tizio irlandese amante dei liquori che era pronto a trattare un'entità come una semplice seccatura che gli impediva di coltivare la terra come voleva. In qualche modo era persino buffo quando capitava, anche se alla fine di purificazioni del genere mi sentivo come se fossi stato considerato poco più di un disinfestatore.

Presi la bottiglia, lo specchio e la mia valigetta, quindi feci un cenno in direzione della porta. «Mi dispiace doverla disturbare, ma temo che un taxi non arriverebbe fin qui.»

«I taxi sono per i damerini», disse O'Flynn. Con un unico sorso tracannò ciò che restava del suo whisky e recuperò le chiavi dell'auto dal gancio alla parete. «Andiamo, la accompagno volentieri in stazione. E beva un goccio alla mia salute quando torna in Italia. Sono sicuro che da quelle parti non esiste niente del genere. E so che non ha detto niente dal pagamento perché un gentleman, si vede subito, ma ho il denaro già pronto in macchina.» Mi squadrò dall'alto in basso. «C'è una bella differenza tra un damerino e un gentleman, lo sapeva?»

Mi sforzai di sorridere attraverso la stanchezza. Non lo sapevo, e in effetti non mi ero mai posto il problema. «Il nostro non è un mondo per damerini, O'Flynn.»

L'irlandese mi diede una pacca sulla spalla che mi fece fare un passo in avanti. «Ben detto, vecchio mio, ben detto.»

Ero all'aeroporto di Stanstead, seduto e in attesa che mi chiamassero per l'imbarco, quando ricevetti la chiamata.

Avevo appena effettuato una purificazione in una casa di campagna in cui uno spirito aveva deciso di risvegliarsi a circa vent'anni dal decesso. Forse era stato disturbato dalle opere di ristrutturazione del proprietario della tenuta, questo non sono riuscito a capirlo. Dopo due decenni di oscurità, lo spettro non aveva ancora riacquistato la capacità di comunicare normalmente e io non gliene avevo dato il tempo. La tempestività nel mio campo è essenziale, molte entità tendono a raccogliere energia con il passare del tempo e, raccogliendo energia, possono andare fuori controllo più di quanto non lo siano già. Avevo usato gli incantesimi di protezione solo per precauzione, sapevo benissimo che quell'anima confusa era più spaventata di me. E infatti era stato sufficiente indicarle la strada per abbandonare questo piano e lei aveva lasciato l'abitazione, rompendo solo qualche altra stoviglia prima di sparire per sempre.

«In questi casi è come aprire la finestra quando un moscone continua a sbatterci contro», avevo spiegato al proprietario, un irlandese dai radi capelli rossi e la barba chiazzata di bianco. Il suo inglese era così rozzo che riuscivo a comprenderlo appena. Quando aveva finalmente capito che non c'era alcun demone nella sua casa di campagna e che adesso avrebbe potuto tornarci senza rischiare nulla, il signor O'Flynn era stato così contento del mio intervento da lasciarmi una bottiglia di whisky invecchiato di sedici anni. Non sono mai stato amante del vino ma di tanto in tanto mi concedevo un sorso di liquore la sera, prima di andare a letto. È un'usanza che ho sempre trovato rilassante.

Infilai la mano nel cappotto per prendere il cellulare. Non conoscevo il numero sul display ma vidi che la chiamata proveniva dall'Italia e mi affrettai a rispondere. Avevo ancora qualche minuto prima che imbarcassero i passeggeri del mio volo.

«Mr. Kiesel?» disse la voce di un uomo.

«Sì, sono io.»

«Scusi il disturbo, so che non è in patria ma proprio non ho potuto aspettare.»

Lo sconosciuto sembrava preso dal panico. Anzi, era talmente spaventato che non si era neanche curato di presentarsi. «Non si preoccupi, signor...?»

«Guidi», rispose lui. «Qui sta scoppiando il finimondo e non so più che pesci prendere. Un amico mi ha dato il suo numero, per questo mi sono permesso di disturbarla.»

«Non c'è problema. Mi dica, chi le ha consigliato di chiamarmi?»

«Alessandro Calisti.»

Mi rasserenai. Alessandro è un detective privato e un caro

amico. Non era infrequente che mi passasse dei lavori quando travalicavano il confine tra il normale e il paranormale. Spesso sosteneva di essere troppo pragmatico per affacciarsi davvero al mio mondo, ma ho sempre sospettato che si tratti soprattutto di paura.

«Capisco. E cos'è successo, di preciso?»

«Preferirei parlarne di persona, se non le spiace.»

Il tabellone indicava che avrebbero cominciato a far salire i passeggeri sull'aereo nel giro di otto minuti. Se fossi riuscito a calmare l'uomo, forse avrei raccolto abbastanza informazioni per fare il punto della situazione durante il viaggio. «Invece sarebbe meglio parlarne ora, almeno per sommi capi. Dal tono della sua voce comprendo quanto sia nervoso. Se mi mette al corrente da subito posso cominciare a ragionare sui fatti. E non si preoccupi della parcella. *Quelli* sono dettagli di cui potremo discutere di persona.»

«Va bene.» La voce di Guidi si era ridotta a un sussurro. «Mi scusi se parlo piano, ma non vorrei che mi sentissero. Già mi hanno visto comportarmi in modo strano. Se sentissero quello che ho da dirle mi prenderebbero per pazzo. Non che sia la mia paura più grande al momento.»

«Ho circa cinque minuti prima di dover spegnere il telefono, signor Guidi. La prego di essere sintetico, se può.»

«Farò del mio meglio», rispose lui con un sospiro.

«Prego», lo incoraggiai.

«Mia moglie e io abbiamo ereditato una casa in montagna da suo nonno. Si trova sul Monte Amiata, vicino a una località chiamata Piancastagnaio. L'avo di Cristina è morto qualche mese fa, alla veneranda età di novantanove anni. Non siamo mai andati a trovarlo fin là. Sa, con il lavoro è molto difficile trovare il tempo per spostarsi.»

Sembrava un discorso già costruito. Doveva esserselo

preparato per convincersi a raccontare la sua storia. Non commentai, aspettando che proseguisse.

«Be', abbiamo deciso di approfittare della primavera per visitare la nostra nuova proprietà. Avevamo anche bisogno di una vacanza, per dirla tutta. Gli ultimi mesi sono stati molto stressanti. Purtroppo il relax lì non è durato molto a lungo.»

«Cos'è successo?» domandai, sperando che arrivasse al dunque.

Se un medico ha bisogno di conoscere l'anamnesi del paziente prima di visitarlo, per me è valido l'opposto. Devo prima sapere con cosa ho a che fare prima di fare le giuste domande. Molte volte sono stato capace di risolvere il caso senza il minimo coinvolgimento del cliente. E non è necessario che quest'ultimo sappia di cosa sta parlando, anche se di tanto in tanto mi è capitato di risolvere un caso grazie all'intuizione di un civile.

«Il primo giorno niente», rispose l'altro dopo un attimo di esitazione. «Abbiamo solo trovato l'abitazione un po' trascurata e piena di polvere, ma c'era da aspettarselo. L'erba in giardino era cresciuta parecchio e infatti ricordo di aver parlato con un ragazzo in paese perché si occupasse di tagliarla. Ovviamente non è mai venuto. Non ce n'è stato il tempo. Già la prima notte ho notato uno strano odore. Di putrido, come se qualcuno avesse lasciato un animale morto sotto la nostra finestra. Ho svegliato Cristina e siamo andati a controllare, senza trovare nulla. Se qualche bestiolina aveva deciso di esalare l'ultimo respiro dietro casa nostra, noi non siamo riusciti a individuarne il corpo. Alla fine siamo tornati a letto. Mi sono addormentato, a dispetto di quello strano odore.»

«Mi spiace metterle fretta», lo interruppi, «ma ho solo tre minuti prima del volo. Dovrà concentrarsi sui fatti salienti o terminare il suo racconto al mio arrivo.»

«No, non riuscirei a ricominciare da capo. La faccio breve,

mi scusi. Il giorno dopo quella puzza aveva invaso tutto il piano superiore. Quello inferiore ne era immune, per il momento. Ancora non avevamo pensato a fenomeni *strani*, continuando a ripeterci che doveva per forza esserci una carcassa, da qualche parte. Abbiamo messo a soqquadro la camera da letto, quella degli ospiti, il ripostiglio e la soffitta. Abbiamo trovato di tutto, persino un pipistrello ormai mummificato, ma ovviamente non era quella la causa del fetore pestilenziale. A mezzogiorno già eravamo costretti a girare per casa con un panno intorno al viso per evitare di avere forze di stomaco. A pranzo siamo andati in paese, non osando provare a mangiare nulla nella nuova casa. Abbiamo accennato al problema, forse un po' troppo timidamente, e infatti nessuno ci ha dato retta. Il cameriere ha ipotizzato quello che avevamo pensato anche noi: una bestiola era morta tra quelle mura. Solo che non riuscivamo a trovarla. Quando siamo tornati indietro, siamo stati accolti dal puzzo di putridume già sul porticato. Sembrava che avesse approfittato della nostra assenza per spandersi e conquistare anche il piano inferiore. Assurdo, non è vero?»

Non persi altro tempo a spiegargli che il concetto stesso di *assurdo* mi era ormai estraneo. «Vada avanti. Cos'è successo poi?»

«Be', ho detto a Cristina di aspettarmi in cortile e sono entrato per primo. Per qualche istante mi sono convinto che si trattava solo di uno scherzo. Era troppo strano per essere reale e non sapevo neanche cosa pensare, di preciso. Sono arrivato ai piedi delle scale e da lì non mi sono mosso. Ho messo l'incavo del gomito davanti al naso, cercando di riflettere, di capire. L'intensità del fetore era tale da sembrare che qualcuno avesse dissotterrato un intero cimitero in casa nostra. Sentivo chiamare mia moglie dall'esterno, ma non le ho risposto, non osando inspirare per aprire bocca. Più tardi mi ha confidato che anche lei lo sentiva, persino dalla sua posizione, a dieci metri dalla porta d'ingresso. Ma anche se non ci fosse stata quella puzza, non mi sarei azzardato a parlare. In quel momento ero rapito da ciò che avevo davanti agli occhi, qualcosa di troppo bizzarro perché potesse essere reale. C'era qualcosa che si muoveva al piano superiore. Sentivo dei passi lungo il corridoio. Ed ero così scioccato da non riuscire a muovermi. Sono rimasto lì e basta, non so neanche per quanto tempo.»

A tal proposito, mi accorsi che i primi passeggeri stavano esibendo biglietto e documento di identità alla hostess. Presto avrei dovuto chiudere quella conversazione, per quanto ormai avesse stuzzicato la mia curiosità. Mi alzai in piedi, tenendo il cellulare premuto contro l'orecchio. «Vide qualcosa?» domandai, notando che il mio interlocutore non accennava a proseguire.

Seguì qualche altro istante di silenzio. «Sì.» La voce gli tremava e percepii lo sforzo con cui tentava di controllarla. «Lo vidi. Aveva la forma di un uomo, ma le somiglianze finivano lì. Era nudo e tutto il corpo era formato da carne viva. Non c'era pelle. Il sangue fuoriusciva continuamente da quei tessuti e infatti aveva lasciato una scia rossa dietro di sé. Una volta arrivato alle scale, si volse verso di me. Ero ancora incapace di muovermi. Notai persino il particolare delle gocce cremisi che scendevano dal dito, quando alzò la mano per puntarla nella mia direzione. Quindi abbassai lo sguardo e vidi le costole che avevano perforato la carne in più punti, lame bianche in quel mare rosso. E la mia mente andò in tilt. Non ero più in grado di reagire. La paura doveva essere troppo intensa perché potessi percepirla. Infine l'essere parlò.»

«E cosa disse?» Mi ero messo in fila e avevo una decina di persone davanti a me. Volevo chiamare anche il mio collega ma avrei dovuto rimandare quella telefonata al momento dell'atterraggio.

«*Vieni da me.* Lo ripeté una seconda volta: la prima non ero stato in grado di afferrare le parole. Quindi alzai gli occhi e vidi il suo volto.»

Si interruppe e non osai chiedergli altro. Non avevo bisogno di ulteriori particolari per riflettere su quegli eventi che avrebbero sconvolto la mente di chiunque.

Sospirò. «Quella vista mi diede la forza di scappare dalla casa. Tornai nel prato e spinsi mia moglie fino all'auto, facendola salire sul sedile del guidatore. Deve capire, tremavo troppo perché riuscissi anche solo a mettere in moto. Una volta lontani, riuscii a raccontarle qualcosa. Non siamo tornati più lì e abbiamo preso una stanza in un hotel. Siamo nell'albergo da due giorni ormai. Mi piacerebbe strapparmi quel ricordo dalla mente. Non riesco più a dormire da allora. Spero solo che lei possa aiutarci. Sapere che esiste una cosa del genere...»

Conoscevo benissimo lo stato d'animo nel quale versava e sarebbe stato inutile spiegargli che non c'era niente da fare per tornare allo status quo. «Ora devo salire a bordo», dissi invece. «La chiamo a questo numero una volta a Roma. Rimanga dov'è e non faccia ritorno nella casa.»

«È pericoloso?»

«Faccia come ho detto», replicai e agganciai.

Non c'era bisogno che gli spiegassi l'ovvio.

Feci la fila con calma, continuando ad analizzare le scarse informazioni che l'uomo mi aveva fornito. Quello che mi aveva detto non suggeriva un collegamento tra il decesso del parente della moglie e il fenomeno cui aveva assistito. Se il loro ingresso nell'abitazione aveva fatto scattare una forza sovrannaturale, quest'ultima doveva essere assai forte per essersi materializzata in un lasso di tempo tanto breve. In quel caso avrei fatto bene a non trascurare alcuna protezione nel momento in cui avessi deciso di esplorare la casa. Se l'energia vitale di una coppia qualunque di sposini – e, anche se distante, il signor Guidi non mi aveva dato l'idea di avere una qualche dote sovrannaturale – aveva scatenato quell'effetto, era difficile immaginare cosa avrei fatto scattare io al mio ingresso. Certo, sempre se la storia del signor Guidi corrispondeva a verità. Lo avrei scoperto nel giro di qualche minuto.

Entrai nel velivolo e seguii le indicazioni dello steward. Il mio posto era vicino all'ala, proprio accanto al finestrino. Non avevo bisogno di conferme per sapere che la postazione alla mia sinistra non sarebbe stata occupata da nessuno. Era un modo dell'ordine naturale del cosmo per proteggere gli ignari. Tenermi il più possibile lontano dal resto degli uomini, anche in circostanze in cui per forza di cose ero costretto a stare al loro fianco. In quell'occasione in particolare, la mia energia doveva essere molto alta: anche i sedili davanti e dietro di me erano stati lasciati vuoti. Quando ero solo un ragazzo, soffrivo molto per questi fenomeni, non conoscendone i motivi. Già, passai un'infanzia particolarmente solitaria. E la situazione in età adulta non è migliorata più di tanto.

Mi tolsi il cappotto e lo appoggiai sulla postazione vicina, tenendo la valigetta sul pavimento, tra i piedi. Quindi mi allacciai la cintura e aspettai che l'aereo cominciasse a muoversi lungo la pista, mentre la pioggia si accaniva senza sosta. Sperai almeno che a Roma ci fosse un po' di sole ad accogliermi. Dovendo affrontare subito un altro caso, avrei dovuto lanciarmi di nuovo tra le tenebre. È ciò che faccio, il motivo stesso per cui sono nato – almeno è quello che mi ripeto da anni – ma a volte si ha bisogno di un po' di luce nell'oscurità.

Quando fummo tra le nuvole scure raccolsi il piccolo baglio e lo aprii. Avevo bisogno solo dello specchietto inserito nella tasca laterale. Era in una custodia scura e rigida. Feci scattare la serratura, rimossi il panno scuro che lo avvolgeva e ci guardai dentro.

Ci vollero pochi istanti perché il mio volto venisse inghiottito dall'interpretazione che lo specchio dava del mondo. Nel riflesso, la stoffa del sedile su cui ero appoggiato era svanita del tutto, lasciando spazio allo scheletro di metallo e plastica. Il finestrino era esploso verso l'esterno, come se qualcuno avesse deciso di farlo saltare con un colpo di pistola. Del fluido rossastro colava pigramente dai frammenti di vetro, finendo a terra. Spostando la superficie riflettente non avrei trovato traccia degli altri passeggeri, se non le loro spoglie essiccate. Non avevo bisogno di altri effetti speciali, ma di risposte.

Il mio assistente fece capolino da dietro il sedile. Era vestito da hostess, anche se la divisa era strappata in più punti e molto sporca. Il petto glabro, pallido e ricoperto di ferite, era visibile dove il tessuto aveva ceduto. I radi capelli lunghi erano tenuti insieme nella grottesca parodia di uno chignon. Il volto era contratto in un ghigno, ma gli occhi erano coperti da un paio di occhiali da sole. Una stanghetta era storta e così l'espressione del viso risultava ancora più beffarda. In compenso le lenti riuscivano a coprire l'occhio destro che sapevo essere vuoto e cieco, particolare che non cambiava mai. Altri graffi e lacerazioni tempestavano il viso di strisce rosse.

«*Maestro*», mi salutò Lerner, con il suo consueto tono sarcastico. «*Non ci riposiamo mai, a quanto pare.*»

La tentazione di parlare ad alta voce fu di nuovo fortissima. Ero sicuro che dipendesse da alcuni giochi mentali del mio assistente. La sua esistenza era troppo misera per non tentare di condirla con scherzi di dubbio gusto. In passato era anche riuscito ad averla vinta. Quel giorno doveva aver puntato sulla stanchezza per la purificazione appena svolta. Come un cane, di tanto in tanto metteva alla prova il mio grado di leadership.

A te questo conviene, perciò non ti lagnare. Hai sentito la conversazione telefonica di poco fa?

Lerner alzò una mano guantata di bianco e si tolse gli occhiali da sole, assumendo un'espressione pensosa che, immaginai, tentava di imitare la mia. L'iride grigia e senza vita rifletté la luce morente del sole che proveniva dal finestrino sfondato.

«*Avrei sentito molto meglio se mi avessi tenuto fuori da quella schifosa valigia. È così piena di attrezzi ributtanti che non capisco come faccia a resistere. Prima o poi mi farai morire, te lo garantisco.*»

Resisteva perché anche lui, a modo suo, era difeso. La custodia rigida era per proteggerlo da urti fisici. Il panno ricoperto da simboli magici che avvolgeva lo specchio era invece una barriera contro qualunque altra forza avesse potuto provare a dominarlo. Questo lo sapeva bene, ma il suo desiderio di libertà era troppo alto. Quanto alla faccenda della morte... era troppo tardi per impedirla, anche se il mio assistente doveva aver paura del passaggio definitivo.

Che ne pensi del nuovo caso?

Nel frattempo avevamo superato le nuvole e il mondo al di fuori dello specchio ora riluceva ai raggi del sole. Non poteva dirsi lo stesso nell'universo di Lerner, ancora spento e avvolto nella penombra ora che l'astro era tramontato. Meglio, avrei fatto volentieri a meno dei macabri particolari che componevano la dimensione oltre la superficie riflettente.

«*Penso che sia una faccenda pericolosa. Ci sono delle strane vibrazioni nell'aria. Le parole dell'uomo con cui hai parlato contenevano tracce di falsità. Ma non è colpa sua, forse neanche sapeva di mentire. Non sono sicuro sia il caso di accettare questo lavoro.*»

Hai visto dell'altro?

Lerner fece spallucce. «*Non ho avuto modo di camminare i*

sentieri astrali. Lo farò mentre tu viaggi su questo stupido uccello meccanico. Ma non avverto niente di buono.» Rise e le labbra si spaccarono, facendo fuoriuscire qualche goccia di sangue che gli scivolò lungo il mento. Ora sembrava avere anche un po' di rossetto. *«Non fraintendermi, Maestro. Quello che affrontiamo non è mai buono. Ma in questo caso sembra persino peggio. Pensaci bene prima di entrare in quella casa. Anzi, fossi in te eviterei proprio di incontrare quel tizio. Perché non torniamo a esplorare qualche luogo abbandonato come ai vecchi tempi? Lì gli spiriti sono docili e si fanno dominare facilmente.»* Una pausa. *«Si fanno divorare facilmente.»*

Mi lasciai scappare una risatina mentre Lerner tornava serio, consapevole di non essere capace di influenzare le mie decisioni. Ma ancora una volta stava sondando la mia forza di volontà, altrimenti non avrebbe fatto alcun cenno al fatto di nutrirsi.

Allora, se puoi, chiedi consiglio. Percorri le tue strade e cerca di carpire il senso di quelle vibrazioni. Non possiamo trascurare un lavoro solo per delle tue sensazioni.

In parte avevo torto, e ne ero consapevole. La sensibilità del mio assistente era superiore a quella di qualunque essere umano vivente. La questione era un'altra, ma difficilmente Lerner mi avrebbe assecondato: non avrei potuto rinunciare a un caso solo perché era pericoloso. Faceva parte di me. Se mi fossi tirato indietro, mi sarei comportato come un poliziotto che si rifiuta di intervenire nel corso di una rapina solo perché i malviventi sono armati. Molte volte mi ero trovato di fronte a situazioni insidiose ed erano state proprio quelle a farmi crescere, a rendermi ciò che ero diventato. Nel bene e nel male, a pensarci bene.

«Stai per dormire, eh? Non sai quanto mi piacerebbe poterlo fare. Pensi ci sia abbastanza energia, almeno?»

Quello dovresti saperlo tu. Ma se vuoi conoscere la mia opinione, non credo manchi molto. Presto questo specchio servirà soltanto a riflettere immagini del mondo reale.

L'assistente esplose in una risata fragorosa. «*Non credo proprio, amico mio. Ho violato quest'oggetto in tutti i modi possibili. Se dovessi uscire da qui ne rimarrà un mucchio di polvere.*»

Avvolsi di nuovo la cornice nel panno, ignorando le proteste di Lerner. I miei compagni di viaggio dovevano avermi preso per pazzo a sufficienza. Ai loro occhi ero soltanto un tizio solitario sulla quarantina che era rimasto a fissare lo specchio per chissà quanti minuti. Be', avrebbero potuto pensare che fossi vanitoso, sebbene il mio aspetto attuale avrebbe dovuto lasciar intendere l'opposto. Venivo da un caso che si era svolto in campagna, e l'ultima volta mi ero rasato prima di partire. Era come se sentissi che ci fosse un altro lavoro in arrivo. Altrimenti perché non mi ero concesso un giorno o due in più nella terra di Albione, anche solo per riposare? Il signor O'Flynn si era offerto di ospitarmi, ma non avevo voluto sentire ragioni. Mi ero limitato a fare una doccia nella mia stanza d'albergo ed ero partito alla volta dell'aeroporto, con una fretta che neanche avrei dovuto avere, considerando la stanchezza dovuta all'intervento di purificazione. Ed ecco la chiamata del signor Guidi proprio mentre ero all'aeroporto.

Riposi l'oggetto nella custodia e lo assicurai all'interno della valigetta. Quindi la rimisi a terra, accomodandomi meglio sul sedile. Nessuno avrebbe toccato il mio bagaglio e, se qualcuno ci avesse provato, probabilmente avrebbe incontrato molte difficoltà a prendere sonno nelle notti a venire.

Avrei approfittato del resto del viaggio per dormire un po'. Una volta a Roma, sarei passato nel mio appartamento per un pasto frugale e una doccia, prima di dedicarmi al nuovo intervento. Stavo ragionando come se avessi già accettato il caso, pensai mentre navigavo nel dormiveglia. Le parole del mio assistente erano servite solo a convincermi. Sarebbe stato difficile rinunciare al suo aiuto, qualora fosse davvero riuscito a tornare libero.

CAPITOLO

DUE

Arrivai alle quattro del pomeriggio, portando con me la solita valigetta e un bagaglio che avevo riposto insieme a quelli degli altri passeggeri del bus. Quando scesi, riconobbi subito il signor Guidi per le occhiaie scure e lo sguardo spiritato. Non c'era più alcun dubbio: quell'uomo era convinto di ciò che mi aveva raccontato. Gli feci un cenno con il capo per farmi notare, mentre facevo pazientemente la fila per recuperare la valigia. L'aria era fresca e pulita e respirai a pieni polmoni, consapevole che presto avrei dovuto lanciarmi in un'atmosfera malsana e poco adatta a un essere umano.

Una volta recuperati i miei oggetti, mi diressi verso il cliente. Aveva poco più di quarant'anni, anche se la barba poco curata e i capelli in disordine lo facevano sembrare più vecchio. Era di poco più basso di me, forse un metro e settantacinque, con un principio di pancia che sporgeva attraverso la camicia.

Mi porse una mano tremante. «Pensavo venisse con la sua vettura.»

«Non ho una mia auto.» Gli strinsi le dita attraverso il guanto. Lerner aveva ragione, quell'uomo emanava pessime vibrazioni, riuscivo ad avvertirle anche così. Probabilmente le altre persone facevano di tutto per evitarlo, pur senza sapere il perché, e mi domandai che tipo di donna fosse la moglie. Non mi sorprendeva che fosse stato capace di attivare la presenza sopita all'interno della casa. «Troppe volte sarei costretto a guidare in stati alterati, ne risentirebbe la mia salute e quella degli altri. Preferisco siano gli altri a condurmi dove devo andare.»

«Grazie per essere venuto. Mi sono permesso di prenderle una stanza nel nostro albergo. Così se vuole riposare, prima di...»

Sembrava faticare a trovare le parole. A giudicare dalle sue condizioni, doveva aver passato gli ultimi due giorni ad aspettare un salvatore. Ora che era finalmente arrivato non sapeva come comportarsi.

Con la coda dell'occhio, notai che gli altri passeggeri stavano lasciando la strada. «Non ho bisogno di nulla», dissi. «Ho approfittato del viaggio per chiudere gli occhi. Altra ragione per cui non mi piace guidare. Voglio essere reattivo quando arrivo sul posto dell'intervento. Non posso essere annebbiato dalla stanchezza.»

«Allora mi segua», disse Guidi. «Ho l'auto proprio qui dietro. Se si sente pronto l'accompagno alla proprietà.»

«Sono qui proprio per questo.»

Camminai dietro di lui, accorgendomi che le persone istintivamente si allontanavano al suo passaggio. L'alone di negatività che lo circondava era così intenso che chiunque era capace di avvertirlo. Non potei fare a meno di chiedermi se quel processo fosse iniziato da quando aveva messo piede nella nuova casa o fosse una sua caratteristica di sempre.

Aveva un'auto molto grande e ben tenuta. Prima che le sue certezze fossero minate dall'esperienza spaventosa avvenuta nella villa in montagna, doveva essere un uomo molto attaccato alle ricchezze terrene. Ero pronto a scommettere che sarebbe cambiato parecchio anche se fosse riuscito a superare l'accaduto. La prospettiva dell'Aldilà è sempre un ottimo incentivo per cambiare modo di vedere la vita. Soprattutto se si riesce a evitare di impazzire.

«Mia moglie si scusa per non essere venuta, ma proprio non riesce a sopportare l'idea di tornare alla villa.» Sospirò, e aprì il bagagliaio. «A dire il vero sto incontrando serie difficoltà anche a farla uscire all'aria aperta. Com'è che si chiama? Agorafobia?» Un altro sospiro. «Non mi resta che confidare nel suo aiuto.»

Sistemai il bagaglio nel vano, tenendo la valigetta con me. Ne avrei avuto bisogno molto presto. «Cercheremo di ristabilire l'ordine naturale delle cose. Sono qui per questo.»

«E per quanto riguarda il suo compenso...»

«Il mio collega l'avrà sicuramente avvertita che parleremo di denaro quando il lavoro sarà concluso. Per ora si preoccupi soltanto di mantenere la calma, per quanto possibile. Avrò di sicuro bisogno di aiuto nelle faccende di tutti i giorni e non so quanto tempo ci vorrà perché riesca a trovare il bandolo della matassa.»

«Ma certo. Può contare su di me. I soldi non sono un problema.»

Non era mai capitato che qualcuno decidesse di non pagarmi. A volte per pura riconoscenza ma altre per timore che rovesciassi di nuovo su di loro le entità da cui li avevo liberati. In ogni caso non c'era bisogno di parlare del mio onorario prima di svolgere il lavoro.

«Mi riferivo ad aspetti di carattere più pratico», risposi. «Ma di sicuro il denaro le farà comodo. È pronto ad accompagnarmi?»

«Non ne sono sicuro.»

Lo fissai negli occhi. «Non si preoccupi. Lei deve solo

portarmi in prossimità della casa. Non deve vederla, se non se la sente. Ora non è più un suo problema. Non deve neanche pensarci.»

«Non è facile.»

Fece scattare la serratura e mi accomodai sul sedile del passeggero. Mi colpì subito l'odore di nicotina. Non avevo visto il signor Guidi fumare, quindi sua moglie doveva essere una tabagista accanita. Date le circostanze, non me la sentivo di darle torto.

«So che non è facile ma in questo caso meno spazio lascia ai suoi pensieri e meglio è.»

L'uomo guidò l'auto lungo la strada principale del paese. Non avevo mai visitato quella località toscana, ma la trovai subito molto gradevole. Le abitazioni, anche le più piccole, erano curate e c'erano fiori e piante ovunque. Per qualche istante riuscii persino a immaginare che fosse un luogo accogliente e privo di oscurità. Il sole era caldo, così abbassai il finestrino, lasciando che nell'abitacolo entrassero l'aria fresca e l'aroma leggero della primavera. Avevo imparato da tempo ad approfittare di quegli scampoli di positività quando potevo. Se mi fossi lasciato sopraffare da quel che facevo per vivere, presto avrei iniziato a vedere il mondo come all'interno dello specchio di Lerner: un luogo brullo e desolato che nessuna luce sarebbe stata capace di illuminare. Ma un cuore dominato dall'oscurità non può combattere il buio, un'altra lezione che nel tempo avevo imparato a mie spese.

«Questo è il nostro albergo.» Il signor Guidi stava indicando un cancello alla nostra sinistra. «È sicuro di non volersi fermare?»

«Sicurissimo.»

Era un edificio vecchio, probabilmente degli anni Cinquanta. Potevo solo immaginare quante persone avessero dormito lì dentro. I residui psichici e spirituali dovevano essere così tanti che difficilmente sarei riuscito a riposare in un posto del genere senza le dovute precauzioni.

«Mi chiedo come faccia a sembrare così calmo», continuò l'uomo. Una volta rassicurato sul fatto che volessi davvero ispezionare subito la casa sembrava aver ritrovato anche la voglia di chiacchierare. «Le capitano sempre casi del genere?»

«È una domanda che ha poco senso, se ci pensa bene. Immagini di chiedere la stessa cosa a un chirurgo o a un agente dell'antiterrorismo. Si parla pur sempre di specialisti che affrontano situazioni estreme. Il mio lavoro è solo un po' più in ombra, di conseguenza è un campo molto, molto ristretto.»

«Non credo sia paragonabile.» Stava stringendo le dita sul volante come se fosse la sua unica ancora alla realtà. «Di sicuro compiere un intervento a cuore aperto è difficile, ma ha un senso. È *comprensibile*. Puoi tornare a casa e giustificare il tuo operato. Lo stesso vale per l'agente dell'antiterrorismo. Il mondo è pieno di pazzi, criminali e malati di mente, ed è soltanto naturale che ci sia qualcuno che operi per fermarli. Il suo lavoro, invece...»

Guidi si stava sfogando e riuscivo a comprenderlo. L'equilibrio su cui aveva costruito una vita intera si era rivelato instabile. Magari aveva lavorato per anni insieme alla donna che aveva sposato per costruire un nido sicuro. Da quello che avevo capito non avevano figli ma, dalle sue parole, sembravano una coppia unita. Avevano ereditato una casa perfetta per trascorrere dei giorni rilassanti e invece erano caduti in una trappola per loro inconcepibile. Il flusso della sua esistenza si era scontrato contro uno scoglio di tenebre che aveva ridotto in pezzi la sua sicurezza. Oltre alla paura, ciò che stava massacrando la sua psiche era l'incapacità di comprendere.

«In compenso nel mio campo c'è poca concorrenza», replicai, addolcendo il tono.

Lui mi guardò con la coda dell'occhio, poi si lasciò scappare una risatina. Almeno ero riuscito a stemperare il clima di tensione.

«Be', mi fa piacere che per lei tutto questo sia routine», continuò, mentre con l'auto superavamo i confini del paese per trovarci in una strada circondata dagli alberi. «Mi dà sicurezza.»

Non risposi, evitando di dire che difficilmente nel mio settore si poteva parlare di *abitudini*. Certo, alcuni casi potevano essere simili, ma erano così tante le variabili che solo un folle si sarebbe approcciato con un atteggiamento tanto superficiale.

«Ci siamo quasi», disse infine, mettendo la freccia e prendendo un sentiero che si inoltrava nel bosco.

La temperatura si era abbassata di colpo. Mi sarebbe piaciuto pensare che fosse opera della suggestione o della copertura delle fronde degli alberi, ma già sapevo che non era così.

Guidi lasciò la vettura all'altezza del cancello, non azzardandosi a spegnere il motore. La recinzione era rovinata e arrugginita. In alcuni punti la rete era piegata in avanti, come se il peso del tempo avesse cominciato a gravare su di essa. Le condizioni del cancello non erano migliori e l'unica cosa nuova era il lucchetto che lo teneva serrato.

L'abitazione al centro dello spiazzo invaso dall'erba incolta era a due piani. Aveva il tetto a spiovente di una casa costruita per resistere a inverni freddi e carichi di neve. Un tempo doveva essere stata colorata con una tinta allegra e solare, ma ora l'intonaco era rovinato e l'edera era cresciuta lungo le pareti, dando un aspetto da bozzolo vegetale a tutta la proprietà. Le persiane erano chiuse al piano inferiore ma spalancate a quello superiore. Immaginai che i coniugi fossero fuggiti in fretta e furia, se le avevano lasciate così. C'era un piccolo portico davanti all'ingresso, sul quale si trovava una panchina di legno e qualche vaso ormai vuoto. Quella che sembrava una camicia era rimasta incagliata su un palo. Il vento la faceva ondeggiare come una bandiera bianca. Ma sapevo che la casa – o qualunque entità la abitasse – non si sarebbe arresa molto facilmente.

Scesi dall'auto. Mi sarei aspettato un'accoglienza silenziosa ma avevo sbagliato. Uccelli cinguettavano tra i rami sopra di me e il bosco intero sembrava pulsare di vita. A quanto pareva, l'influenza della villa terminava all'interno delle sue mura. Questo era un aspetto senza dubbio positivo: per quanto spaventosa, la presenza non doveva essere così forte se non riusciva a eludere confini tanto labili come quelli fisici.

Mi affacciai di nuovo nell'abitacolo e afferrai la valigetta. Non avrei mosso un piede all'interno della proprietà senza le giuste difese. Mi rivolsi al mio accompagnatore: «Può spegnere il motore. Credo ci vorrà un po'.» Quindi allungai la mano. «Ho bisogno della chiave per quel lucchetto.»

«Non si preoccupi», balbettò Guidi. Aveva gli occhi inchiodati sulla facciata della villa. «Voglio arrivare almeno fino al cancello. Non posso lasciar vincere la paura.»

Feci schioccare le dita, attirando finalmente la sua attenzione. «Non ha bisogno di mettersi alla prova, ed è normale essere spaventati di fronte all'ignoto. Mi dia la chiave, preferisco entrare da solo e non farle correre pericoli. Avrà di sicuro altre occasioni per testare il suo coraggio. Ora ho bisogno di investigare senza dovermi preoccupare per lei.»

Sollevato dall'essere scusato per non dover scendere dall'auto, abbassò la mano e afferrò una piccola chiave metallica. Me la porse senza aggiungere altro. Meglio. Il suo terrore non avrebbe fatto altro che alimentare gli spiriti.

Tornai all'esterno, pronto alla prima ispezione. Quasi riuscivo a sentire Lerner fremere dall'interno dello specchio. Anche lui doveva aver voglia di mettere alla prova le sue abilità.

Controllai i guanti e mi avvicinai al cancello: non avrei voluto sfiorare nessun oggetto all'interno di quella casa, non con la pelle nuda, almeno. Inserii la chiave e feci scattare la serratura. Sentivo gli occhi carichi di paura di Guidi fissi su di me. Di sicuro avrebbe vissuto come un condannato a morte i lunghi minuti che avrei passato all'interno. Spinsi l'anta in avanti ma si bloccò dopo circa mezzo metro. I cardini dovevano essere molto usurati. Lo spazio era sufficiente per passare, così penetrai nell'ampio cortile. Percorsi qualche passo e mi fermai, cercando di raccogliere sensazioni. Era strano ma non avvertivo nulla. Le presenze all'interno dell'abitazione avrebbero dovuto reagire al mio arrivo, ma era come se la casa fosse davvero vuota. Mi voltai verso il cliente. Mi stava ancora fissando. Il sospetto che fosse proprio quell'uomo a portare dentro di sé il male mi sfiorò. Ero stato per molti minuti vicino alla causa degli strani fenomeni a cui lui stesso aveva assistito senza accorgermene? Poteva succedere, se l'entità in lui aveva deciso di restare solo a livello latente. Non era una teoria campata in aria, tutto sommato: avevo percepito un alone di negatività non appena me lo ero ritrovato vicino. Avrei fatto bene a tenere la mente aperta.

Mi incamminai verso il porticato, dove la camicia sventolava ancora. Quando fui in prossimità degli scalini aprii la valigetta e tirai fuori il crocifisso benedetto che tenevo assicurato da un lato. Mi era stato regalato da un sacerdote per cui avevo risolto un caso di infestazione molto particolare: l'altare della chiesa era stato preso di mira da un poltergeist, rendendo impossibile celebrare la messa. Qualunque oggetto appoggiato sulla superficie di marmo cominciava a fluttuare e a volte attaccare le persone circostanti. Lerner si era divertito un mondo, fino a quando un calice dorato non aveva rischiato di infrangere lo specchio... e il pallido riflesso di vita del mio assistente.

Mi infilai il monile, sentendomi subito più sicuro. Il suo effetto in realtà non sarebbe durato che pochi minuti ma sarebbero stati sufficienti per retrocedere qualora fossi stato in pericolo. Aprii la custodia, afferrai il manico d'ottone lavorato dello specchio di Lerner e guardai sulla superficie. Al mio assistente non doveva piacere il prato perché nel riflesso il cortile era cosparso solo da pochi fili d'erba ormai anneriti, come il terreno sottostante. Il cancello era arrugginito del tutto e l'auto di Guidi non aveva avuto una sorte migliore: la carrozzeria era rovinata e ammaccata, come se avesse subito una tempesta di grandine. Dietro al parabrezza sporco mi sembrava di scorgere uno scheletro.

«Finalmente torniamo a lavorare», mi salutò Lerner, facendo capolino sul lato sinistro della cornice. *«Mi piacciono questi nuovi ritmi, Maestro. Lavoro, lavoro, lavoro.»*

Aveva abbandonato la divisa da hostess e ora era vestito in abiti civili. Indossava un lungo impermeabile scuro e cosparso di quelle che sembravano tracce di cenere. Gli occhi erano coperti da un paio di occhiali da sole e guanti bianchissimi gli coprivano le mani scheletriche. Il volto era rivolto alla casa davanti a noi.

«Potremmo essere nel posto sbagliato.» Ora che eravamo soli potevo permettermi il lusso di parlare ad alta voce. «Non mi arriva nulla da queste mura.»

«Già», commentò Lerner, sniffando l'aria come un segugio. *«Eppure qualcosa c'è. Riesco a sentirlo con qualche difficoltà ma... c'è. Forse si sta nascondendo da noi.»*

«O forse sono solo i residui lasciati dall'uomo nell'auto. Potrebbe essere lui la causa di tutto?»

«*È troppo imbranato per essere posseduto davvero. Punto tutto sull'interno della casa.*»

Annuii. Era un bene avere un amico con cui parlare anche se si trattava soltanto di uno spettro e quindi incapace di agire sul piano reale. Non era solo per la possibilità di scambiare parole con qualcuno. Comunicare con Lerner agiva sulla mia mente, rendendo più cristallini i miei pensieri e aiutandomi a esprimerli al meglio. E poi il mio assistente aveva una vista astrale migliore della mia. In fondo, l'Aldilà era qualcosa che lo riguardava molto da vicino.

«*Sicuro di non voler prendere un'arma?*»

Avevo già la piccola pistola a quattro colpi nella tasca del soprabito. Era caricata con proiettili d'argento benedetti da un vescovo. Avrebbero dato filo da torcere a qualunque manifestazione avesse osato apparire sul piano fisico. Ma la maggior parte del mio arsenale rimaneva nella valigetta. Non sapendo con precisione cosa avrei dovuto affrontare, sarebbe stato inutile scegliere un utensile a casaccio. E lo stesso valeva per le formule: non avrebbe avuto senso sprecare energie per pronunciarne una a caso.

«Per il momento possiamo procedere così. Ti senti pronto?»

«*Lavoro, lavoro, lavoro*», ripeté Lerner.

La porta d'ingresso era di legno e stranamente in buone condizioni rispetto al resto della parete frontale. Appoggiai la mano sul pomello, sperando avessero lasciato la serratura aperta. Altrimenti avrei dovuto ripercorrere i miei passi e tornare in auto. Quella sì che sarebbe stata una bella scocciatura. Come avevo immaginato poco prima, i coniugi avevano avuto così tanta fretta di abbandonare l'abitazione che avevano lasciato tutto aperto. Dovetti solo imprimere una leggera pressione perché l'uscio si spalancasse, scivolando verso l'interno. La luce del sole proveniente dall'esterno rivelò un salone tenuto molto meglio di quanto avessi potuto pensare. C'era una televisione vecchia su un mobile in fondo, a un paio di metri da un camino con ancora del legno semi bruciacchiato nel mezzo. Davanti alla TV c'era un divano coperto da una federa a tema floreale e un tavolino di mogano intarsiato. Una poltrona faceva compagnia al divano. La parete a sinistra era occupata da una vetrina con oggetti e ceramiche. Sempre sullo stesso lato si apriva un passaggio per la stanza successiva. Sulla destra, delle scale portavano al piano superiore. Subito oltre la prima rampa ce n'era un'altra che invece scendeva. Lì era avvenuto il contatto con l'entità, stando a quello che mi aveva detto il signor Guidi. Mossi un passo in quella direzione.

«*È acquattato come un felino in procinto di attaccare la preda*», mormorò Lerner. «*Fossi in te starei molto attento, Maestro.*»

Non persi tempo a guardare nello specchio: avevo la medesima sensazione. Il nulla che avevo percepito dall'esterno era posticcio, una facciata con lo scopo di mascherare la presenza all'interno della villa. Quella che stavo sperimentando era la quiete prima della tempesta. Tanto valeva forzare la mano e procedere verso il primo piano, dove sembrava che l'entità fosse più forte. Arrivai alle scale e lì il tanfo mi investì in pieno, intenso e disgustoso come mi era stato descritto. Qualcosa che somigliava a carne andata a male, sicuro, ma c'era anche qualcosa di più dolciastro, come frutta ormai marcita.

«*Non hai pensato a mettere una maschera antigas nella valigia, vero?*» domandò la voce divertita del mio assistente. «*Dovremmo aggiungerne una all'inventario.*»

Lerner non poteva percepire gli odori. Come tutto il resto della realtà, era qualcosa che gli era negato e basta. Ma il nostro legame gli permetteva di avvertire un'ombra delle mie sensazioni. Un riflesso, in effetti. Mi portai istintivamente l'incavo del braccio all'altezza del naso, non riuscendo però a fermare l'esalazione pestilenziale. Rimasi immobile per qualche istante, quindi sorrisi. Neanche una maschera avrebbe sortito effetto: la presenza della casa agiva direttamente sui centri nervosi del cervello. Era come se il tanfo provenisse proprio dalla mia testa. Non avrei potuto far nulla per tenerlo fuori se non scacciare l'entità che lo stava provocando.

«Non funzionano questi trucchi con me», dichiarai, rompendo il silenzio. «Non mi allontanerai tanto facilmente.»

«Potresti anche parlare al plurale», si lagnò Lerner. *«Dopotutto potrebbe aver paura più di me che di te e della tua stupida pistola.»*

In altre circostanze avrei imposto al mio assistente di tacere, ma non lo feci. La sua voce amichevole era stata sufficiente a far passare i brividi che mi stavano risalendo lungo la schiena. E poi poteva avere ragione. Quello specchio era una trappola per qualunque creatura immateriale. E, una volta varcata la superficie riflettente, nessun essere sarebbe stato capace di resistere nel mondo di Lerner a lungo. Nella catena alimentare del sovrumano, il mio assistente era un carnivoro ed era in cima alla piramide. Il suo unico problema era dipendere da me per procacciarsi il nutrimento che lo avrebbe reso libero. Questo ci rendeva simbionti.

Il lezzo aumentò di intensità, costringendomi a qualche colpo di tosse. Gli occhi mi lacrimavano e, anche se continuavo a ripetermi che era solo nella mia mente, non riuscivo a fermare il processo. Se per il mio cervello la puzza era reale, allora lo era anche per il mio corpo. Sentii dei passi strascicati provenire dall'alto e mi sforzai di alzare il capo. Non riuscivo a distinguere bene tra le ombre: la luce dell'ingresso non arrivava a illuminare il corridoio in alto. La descrizione di Guidi era stata accurata. Sapevo che non avrei dovuto lasciarmi spaventare da un aspetto ributtante ma, al tempo stesso, l'istinto mi spingeva ad allontanarmi. Per quanto avessi esperienza, nulla potevo contro lo spirito di conservazione. Era una lotta continua alla quale era impossibile sottrarsi.

I passi continuavano, lenti, come se chi li stesse producendo fosse zoppo o ferito. Cercavo di tenere la mente sgombra, evitando di recuperare i ricordi del racconto del signor Guidi: non volevo che il potere della memoria rafforzasse la materialità della presenza. Con gli occhi fissi verso la rampa davanti a me, abbandonai lo specchio sul pavimento e infilai la mano nella valigetta fino a quando non trovai la piccola torcia elettrica.

Mi sarei aspettato un commento da parte di Lerner ma il mio assistente rimase in silenzio. Anche lui stava studiando l'ambiente, forse traendone delle conclusioni. Più tardi le sue riflessioni mi avrebbero fatto comodo. Ora dovevo solo tenere a mente che sarei tornato alla luce del sole. Qualunque cosa fosse sul punto di accadere.

Puntai il fascio luminoso verso l'alto. Mi sembrò di vedere una nebbiolina diradarsi, mentre l'entità si faceva ancora più vicina. Con la mano sinistra strinsi il crocifisso. Per qualche altro minuto mi avrebbe garantito protezione contro qualunque spirito infestasse l'abitazione. Ero al sicuro, non dovevo dimenticarlo.

Infine lo vidi. I passi si erano interrotti e l'essere era apparso in cima alle scale, la testa inclinata verso l'invasore umano che aveva osato penetrare nel suo habitat. Era peggio di come Guidi me l'aveva descritto. La carne di cui era formato sembrava quella di una carcassa lasciata al sole troppo a lungo. Stava marcendo e sulla superficie si muovevano insetti e larve. Il capo era un ammasso di materia rossastra e putrida. Due cavità minuscole erano ciò che restava degli occhi e un foro più grande rappresentava la bocca, in quel momento spalancata.

Del naso e delle orecchie, posto che li avesse mai avuti, non era rimasto nulla.

Il cuore mi accelerò nel petto alla sola vista di quella creatura miserabile. Nella maggior parte dei casi gli spiriti erano confusi e incapaci di riconoscere il proprio posto nell'universo. Erano più da compatire che da condannare, e avevano solo bisogno di un aiuto per ritrovare la strada perduta. In questo caso la situazione era ben diversa. Sentivo l'alone di malvagità provenire da quella massa in putrefazione. E non era la cattiveria di un animale intrappolato in un angolo. Era il nero di un essere nato dalle tenebre e cresciuto a sofferenza e dolore.

Abbassai la mano sinistra, avvicinandola alla pistola, mentre la mia mente registrava ogni sensazione e ogni variazione nell'aria. Contrariamente a quel che avrei dovuto aspettarmi, il fetore non era più così intenso.

Non poteva ferirmi. Continuavo a ripetermelo come un mantra. Per quanto pericolosa quella presenza potesse essere, ora non poteva farmi del male. Infine impugnai l'arma. Probabilmente non sarebbe servita a molto, ma contribuiva a farmi sentire al sicuro.

«Cosa sei?» domandai.

La mia voce sembrò essere inghiottita dall'oscurità, ma la creatura mi aveva sentito eccome. Inclinò ancora di più il capo nella mia direzione arrivando a formare un angolo impossibile per qualunque essere umano. Poi spalancò la bocca ancora di più. Un grido acuto mi investì in pieno, costringendomi a proteggere le orecchie con le mani. La pistola cadde a terra e rimbalzò sulle scale che portavano in basso, presumibilmente in cantina. Finì il suo volo da qualche parte nel buio. Ero troppo concentrato sulla forma mostruosa davanti a me per seguirne le evoluzioni.

«Tempo di battere in ritirata», sussurrò Lerner nella mia mente. Poteva aver urlato, per quanto ne sapevo. Il grido

dell'essere parve non interrompersi e anzi, se possibile, crebbe d'intensità. Presto avrei perso ogni capacità di ragionare lucidamente. Nessuna forza occulta avrebbe potuto proteggermi da quell'assalto sonoro. Era come se il cervello stesse per esplodermi a causa della pressione.

Raccolsi velocemente la torcia e la infilai nella valigetta, insieme allo specchio, ignorando le proteste di Lerner. Lo avrei messo nella custodia una volta fuori. Lasciai stare la pistola, sarei comunque tornato nella casa e l'avrei recuperata.

Con un grosso sforzo di volontà riuscii a distogliere lo sguardo dalla creatura urlante, raccolsi il bagaglio e fuggii fuori.

Il silenzio e l'aria di montagna non erano mai stati tanto benedetti.

TRE

Camminando verso l'automobile mi ero sforzato di mantenere il controllo delle membra. Le giunture erano della consistenza della gelatina e sentivo ancora il grido che mi faceva martellare i timpani. Razionalmente sapevo di essere di nuovo alla luce del sole e di non avere nulla da temere, ma la paura non ha niente di *razionale*. È una forza che si aggrappa al cuore con la disperazione di un naufrago in procinto di annegare, e scrollarsela di dosso è sempre un'ardua impresa.

Non so neanche come riuscii a chiudere di nuovo a chiave il cancello dietro di me. Le dita erano scosse da spasmi. Il mio istinto mi suggeriva di trovare un altro sistema per serrare quella proprietà: quel piccolo lucchetto non sarebbe servito a molto se qualcuno avesse deciso di scavalcare. Fui costretto a ricordarmi che presto sarei dovuto tornare io stesso per una seconda ispezione: impedire del tutto l'accesso alla tenuta non avrebbe avuto alcun senso.

Guidi era sceso dall'auto, forse per accogliermi meglio. Doveva avermi chiesto qualcosa ma l'eco di quell'urlo sovrumano che ancora mi rimbombava nel cranio mi aveva reso sordo a qualunque suono esterno. Riconobbi in ogni caso il terrore che gli velava il volto. L'effetto che quell'entità aveva avuto su di me doveva essere fin troppo evidente.

«Lo ha visto anche lei?» La voce dell'uomo era così bassa che riuscii a distinguere le parole solo seguendo il labiale.

Annuii e gli feci cenno di rientrare in auto. Comprendevo la sua curiosità, ma non avevo la minima intenzione di continuare la conversazione all'ombra di quella casa. E poi avrei voluto qualche minuto extra per fare mente locale e cercare di trovare un senso allo spettacolo cui avevo appena assistito.

Guidi fece come gli era stato detto e anch'io mi accomodai sul sedile del passeggero.

«So che vuole parlare dell'accaduto», dichiarai mentre l'uomo faceva manovra per riportare il veicolo in direzione del paese. «Ma preferirei prima bere qualcosa di forte per schiarirmi i ricordi.»

L'albergo era un buco di memorie tristi e grigie. Ancora non mi ero azzardato a togliermi i guanti per evitare di essere investito da quel guazzabuglio di immagini impresse negli oggetti e nelle pareti stesse dell'edificio. In quel momento la sala ristorante era vuota, fatta eccezione per me e per Guidi, anche se ogni tavolo era perfettamente ordinato e pronto per accogliere la clientela. In quel periodo dell'anno l'hotel doveva essere poco frequentato: non era il momento giusto per andare a sciare ma neanche quello adatto per godersi il sole estivo.

Davanti a me avevo un bicchierino di whisky, ancora pieno per metà. Il liquore mi aveva bruciato l'esofago, diffondendo un calore vitale in tutto il corpo e contribuendo a farmi sentire un po' meglio. Erano le sei del pomeriggio e la notte si avvicinava. Cominciavo già a pensare che stavo perdendo tempo. Meglio così, voleva dire che stavo tornando quello di sempre.

Il mio interlocutore era seduto di fronte a me, con un bicchiere identico al mio davanti a sé, anche se il suo era ancora pieno. «Allora?» mi domandò.

Dopo avermi fatto sedere e ordinato il whisky, si era assentato per qualche minuto, presumibilmente per aggiornare la moglie sull'accaduto e sul fatto che ero sopravvissuto al primo incontro con la casa.

Avrei fatto meglio a lanciargli un osso, come ero solito pensare quando mi trovavo costretto a rassicurare un cliente, mentre riflettevo per trovare le risposte alle mie domande. Era quello il mio modo di lavorare: quando ero preso da un intervento il resto del mondo cessava di esistere. Eravamo soltanto io e l'entità che avrei dovuto affrontare. E Lerner, ovviamente. In questo caso, poi, il guanto di sfida era stato troppo violento perché potessi prendere le cose alla leggera.

Mi bagnai le labbra con altro liquore prima di rispondere. «Ho incontrato la stessa presenza che mi ha descritto lei. Non ho ancora le idee chiare, ma non credo sia una banshee, come l'entità in questione vorrebbe farmi credere. O magari è solo una coincidenza, per ora ne so troppo poco.»

«Una... cosa?»

«Sono degli spiriti che utilizzano il suono come forma di attacco, per farla breve. Lei non mi ha detto niente del genere o sbaglio?»

«No, ma ha provato a parlare.»

Annotai quel particolare nei miei appunti mentali. «In ogni caso, non credo sia quello il punto. È una manifestazione vera e propria. Fisica. E appare sempre con le stesse caratteristiche, anche se potrei averla influenzata per via dei miei ricordi.»

«Non sono sicuro di capire.»

«La sua storia», spiegai. «Lei mi ha descritto per filo e per segno la creatura. Non mi stupisce che mi sia apparsa nello stesso modo. Potrebbe solo aver scavato nelle mie memorie e aver trovato *quei* connotati. Per loro non è facile materializzarsi e hanno bisogno sempre di una forza catalizzatrice. La mente umana è una forma perfetta di ciò che serve. Ora è chiaro?»

«Non proprio. Pensa che sia lo spirito del nonno di Cristina?»

«No», risposi, secco. «Tra mille dubbi, questa è una certezza. Quella presenza non è un essere umano, e non lo è mai stata. La forma che assume ne è la prova lampante: quello ci ci troviamo davanti è soltanto il modo in cui l'entità *vede* un uomo.»

«Sarebbe?»

«Un ammasso appena coerente di carne, sangue e muscoli. Forse non riesce a comprendere le parole e ha riassunto il nostro sistema di comunicazione in un grido inarticolato. Non lo so, questa al momento è solo una teoria. Devo svolgere altre ricerche per esserne sicuro, ma escluderei la traccia dello spettro, inteso come anima di un essere umano trapassato. Non c'era niente di umano in quella creatura.»

Sembrò rilassarsi di fronte alle mie parole e non ne capii il perché. Se avessi solo dovuto indicare a uno spirito il modo per lasciare il purgatorio nel quale si trovava, il lavoro sarebbe stato un gioco da ragazzi. Così invece tutto diventava più complicato.

«È una specie di demone, quindi?»

«Il termine è così generico che non saprei come usarlo. Può considerarlo tale, se l'aiuta ad accettare meglio la situazione.» Mi bacchettai mentalmente per quella mancanza di tatto, ma ormai era fatta. Sospirai, immaginando di sentire la risata di

Lerner. «Per quanto mi riguarda, ho bisogno di una seconda ispezione per avere qualche conferma.»

«L'accompagnerò domani mattina», si offrì Guidi, «alle prime luci dell'alba.»

Bevvi un altro sorso di whisky e godetti della sensazione di bruciore. Avrei avuto bisogno di un altro bicchiere intero per affrontare ciò che avevo in mente di fare.

«Se si fida a lasciarmi le chiavi dell'auto, andrò io stesso tra mezz'ora.»

Il volto di Guidi divenne esangue nel giro di un istante. «Vuole tornare in quella casa... con il buio?»

«Non voglio lasciar passare troppo tempo. E poi non sono sicuro faccia davvero la differenza se è giorno o notte. E, qualora fosse così, farei meglio a scoprirlo subito. È una guerra di informazioni, signor Guidi, e purtroppo possiamo ottenerle solo attraverso la ricerca sul campo, almeno in questa fase. Di certo avrò bisogno di scoprire altro sulla proprietà. Anzi, mi farebbe una grossa cortesia se volesse chiedere a sua moglie di fare uno schema di ciò che sa.»

«A mia moglie?»

«Mi ha detto lei che la proprietà apparteneva al nonno o sbaglio?»

L'uomo si passò una mano dietro la nuca. «No, non sbaglia.»

«Allora voglio sapere quello che ricorda del suo avo. Se non c'è un vero collegamento tra la sua dipartita e l'essere che entrambi abbiamo incontrato, potrebbe voler dire che quella *cosa* c'è sempre stata o si è introdotta da poco. Nel primo caso dobbiamo scoprire il motivo. Nel secondo dobbiamo risalire a chi l'ha fatta penetrare nella casa. Riesce a seguirmi almeno un po'?»

«Non ne sono sicuro. È tutto così strano. Qualcuno potrebbe aver lasciato entrare quel mostro? Ma a quale scopo?»

Sospirai. «Stando alla mia esperienza, gli uomini tendono a idolatrare ciò che considerano superiore. E se questi fenomeni li spaventano, allora si passa dall'idolatria al fanatismo. A volte queste persone sono molto più pericolose dei fenomeni che adorano. In ogni caso non ho davvero tempo di raccontarle tutta la mia carriera.» Allungai la mano, ritrovandomi di nuovo a maledire la mia incapacità di trattare con i clienti. Ma, come prima, ormai era fatta. «Se può darmi le chiavi, la aggiornerò al mio ritorno. Penso di cavarmela con un paio d'ore. Tre al massimo.»

Lo vidi esitare. Da quel poco che avevo intuito dell'uomo, non doveva essere felice di lasciarmi usare qualcosa di suo. Di sicuro era molto attaccato alle conquiste materiali. Quasi mi sembrò di avvertirne i pensieri mentre calcolava costi e benefici di quella scelta. Da un lato voleva che andassi alla proprietà appena ereditata ma, dall'altro, non sarebbe mai voluto tornarci. La paura era troppo forte. Alla fine, l'idea di lasciarmi usare la sua auto per un breve tratto gli sembrò il male minore.

Mise una mano in tasca e lasciò le chiavi sul tavolo.

«Mi creda, non va neanche a me di guidare», gli dissi, sorridendo appena, «e ne farei volentieri a meno, ma preferisco coinvolgere meno persone possibili fino a quando non avrò le idee più chiare.»

«Va bene», concluse il signor Guidi. «Terrò il telefono acceso mentre parlo con Cristina. Mi chiami per qualunque motivo. Nel frattempo cercherò di recuperare quelle informazioni. Okay?»

Annuii e mi alzai in piedi. Nonostante l'alcol ingerito, ero lucido e di nuovo padrone della situazione. Ogni volta in cui mi scontravo con forze occulte, la prima reazione era la paura, la seconda un senso di irrealtà. Come se quello che avessi vissuto fosse solo un sogno. In quell'occasione la sensazione non era diversa dal solito. La creatura fatta di sangue e carne che mi fissava dall'alto poteva essere benissimo frutto della mia immaginazione. I meccanismi protettivi della mente umana non avrebbero mai smesso di impressionarmi.

Raccolsi la valigetta e mi diressi fuori. La donna alla reception era una bionda dai capelli tinti molto vicina alla cinquantina e con il trucco appena accennato. Mi salutò con un cenno del capo. Compresi dalla sua espressione preoccupata che doveva essere a conoscenza di ciò che facevo. In genere le persone si rapportano a me in due modi: con aperta ostilità – perché in fin dei conti non vedevano altro che un truffatore che si approfittava di gente in difficoltà – o con paura evidente per ciò che rappresentavo. La donna in questione doveva appartenere alla folta schiera della seconda categoria.

Il signor Guidi mi accompagnò fino alla vettura. Seguì i miei movimenti mentre salivo a bordo e sistemavo con cura la valigetta sul tappetino dal lato del passeggero.

La sua preoccupazione mi divertiva. «Non mi piace guidare, ma so cavarmela dietro il volante. Può stare tranquillo, le riporterò l'auto tutta intera.»

L'altro si fece da parte, permettendomi finalmente di uscire dal parcheggio dell'hotel. Mi costrinsi ad aspettare di essere arrivato a destinazione per estrarre dal bagaglio lo specchio di Lerner. Era arrivato il momento di sentire l'opinione del mio assistente. Non mi sarei arrischiato a entrare nella villa senza un piccolo consulto.

Fermai la vettura davanti al cancello, notando con dispiacere come le ombre si stessero allungando. La luce del sole era già meno intensa e presto sarebbe arrivato il tramonto. Nemmeno un'ora e il giorno avrebbe lasciato spazio all'imbrunire, e quindi alla notte. Era in gran parte suggestione e lo sapevo bene, ma non mi piaceva l'idea di entrare con lo sfavore delle tenebre.

Tirai fuori lo specchio dalla valigetta e vidi subito Lerner apparire nel riflesso, seduto sul sedile posteriore. I radi capelli erano sciolti intorno al viso pieno di cicatrici e, almeno a giudicare dall'espressione, sembrava contrariato.

«Scusami», esordii, «avrei dovuto usare la custodia e il panno, ma andavo un po' di fretta.»

«*Non pensarci. Non sono arrabbiato per quello. Anzi, hai fatto bene a tagliare la corda. Solo non capisco perché siamo ancora qui. Dopo l'esperienza di poco fa avresti fatto meglio a chiuderti in solitudine, meditare un po' e lasciare che le forze dell'universo ti consigliassero cosa fare. Cos'è tutta questa fretta?*»

Era preoccupato davvero. Aveva abbandonato le sue false formalità per lasciarmi piovere addosso un fiume di parole. Naturalmente era più in pensiero per la sua incolumità che per la mia.

«Cosa ti ha fatto spaventare tanto?»

«*Non parlerei di paura*», rispose, distendendosi sullo schienale. Nella sua visione dell'auto, tutto era ridotto a ruggine, plastica annerita e muffa lungo ogni superficie. «*Ma se tu vuoi autodistruggerti solo perché ti sei lasciato prendere da una sorta di frenesia... be', è mio compito intervenire. Perché questa fretta?*»

Aveva visto giusto e non aveva senso negarlo. «Perché non ho la minima idea di cosa abbiamo davanti. E non mi piace affrontare l'ignoto. Prima scopriamo la causa di questo fenomeno e prima sarò tranquillo.»

«*Diventare bravo ti sta facendo montare la testa. Dovresti ricordare come eri all'inizio, quando ti approcciavi sempre in modo rigoroso. Pensaci bene, all'epoca calcolavi ogni mossa, ogni dettaglio. Un fenomeno sconosciuto era motivo di studio e di conoscenza, ora un fastidio da eliminare il più presto possibile. Stai invecchiando, Maestro.*»

C'era del vero nelle sue parole, ma non avevo la minima intenzione di perdere altro tempo con una ramanzina da parte di un uomo morto da più di mezzo secolo. «Può darsi, ma ora ho bisogno della tua opinione. Cos'hai sentito mentre eravamo dentro?»

«*Qualcosa che non abbiamo mai provato. Come giustamente hai notato anche tu, quella presenza non è mai stata viva. Eppure qualcosa di vivente c'era... ed è morto, temo.*»

Scossi la testa. «Non sei molto chiaro.»

Lerner mi offrì un sorriso sdentato. A differenza dell'occhio perennemente cieco, i suoi denti andavano e venivano. «*La situazione non è chiara neanche a me. Ed è per questo motivo che il mio consiglio è di battere in ritirata. Se ho ben capito, quando il nostro cliente è entrato la prima volta, l'essere non ha tentato di aggredirlo come ha fatto con noi.*»

«E questo secondo te cosa significa?»

«*Che è cosciente e ha fiutato la minaccia. Ha capito chi eravamo e cosa avremmo potuto fare. Ci avrebbe fatto a pezzi, se tu non avessi indossato protezioni. Lo sai, non è vero?*»

Lo sapevo e non potevo farci niente. Ormai avevo accettato il lavoro e non mi era mai capitato di abbandonarne uno. A eccezione delle volte in cui mi ero reso conto che non c'era alcun fenomeno paranormale, naturalmente. Mi rendevo conto che non era il pericolo appena vissuto a spaventarmi, quanto la sensazione all'interno della villa. Una parte di me mi spingeva a tornare indietro e a interrogare la signora Guidi sul passato di quella proprietà. Forse mi avrebbe fornito qualche spiegazione extra. D'altro canto non riuscivo a resistere al richiamo della novità. Non mi ero mai scontrato con una presenza simile e la voglia di studiarla e batterla era più forte di qualunque timore. Quella era la ragione per cui ero diventato ciò che ero. Quello era il motivo per cui mi ero ridotto a vivere nell'oscurità. Lerner aveva sbagliato, tutto sommato: non avevo affatto smesso di essere affascinato dalla scoperta e dallo studio per diventare una sorta di *impiegato dell'occulto*.

«Questa volta sarò più schermato», dichiarai. «Ho tutto l'occorrente per un incantesimo di protezione. Ci vorranno soltanto cinque minuti.»

L'unico occhio sano di Lerner si fissò nei miei attraverso lo specchio. Una mosca volò via dall'orbita rinsecchita ma poco prima di sbattere contro la superficie riflettente scomparve nel nulla. *Credo di aver avuto una brutta influenza. Quando mi hai preso con te eri ancora una persona. Forse un po' scontrosa, ma ancora ti capitava di uscire per conto tuo e non pensare al lavoro. Ora la tua occupazione è diventata la tua unica ragione di vita. Se questa si può considerare una vita, dopotutto. L'essere senziente con cui parli di più sono io. E sono morto. Sono davvero preoccupato, Maestro.*

Distolsi lo sguardo e avvicinai la valigetta, cercando di fare mente locale. Il rituale che avevo in mente mi avrebbe garantito una sorta di invisibilità ai sensi di qualunque essere incorporeo. Nel buio della villa, mi avrebbe fatto apparire come parte delle tenebre. Avrei solo dovuto affrettarmi a scendere dall'auto o gli ultimi raggi del sole avrebbero avuto la meglio sul mio camuffamento. Come protezione avrei eseguito un secondo incantesimo. Mi avrebbe circondato con una barriera impalpabile che avrebbe respinto ogni tentativo di influenza mentale. Lerner lo chiamava anti-materia ma non era esattamente quello il senso del termine contenuto nell'antico manoscritto da cui avevo imparato quel sistema di difesa. Tirai fuori il cerchio d'ebano e me lo appoggiai sul capo. Già mi sentivo più tranquillo, come se gli spiriti contenuti nel materiale stessero avvolgendo la mia mente in una fortezza invalicabile. Ora avrei dovuto solo rafforzarli.

«Mi stai ascoltando? Hai detto di voler sentire la mia opinione e

te la sto dando. Probabilmente quel mostro già ha avvertito il nostro ritorno e ci sta aspettando.»

«Per questo sto lavorando», risposi. «Ma puoi continuare a spiegarmi il tuo punto di vista, se proprio vuoi. Ti ascolto. Fino a questo momento non mi hai dato grandi informazioni.»

«Invece ti sbagli. Ti sto dicendo che questo posto è pericoloso. Non dovresti entrarci. Ricordi quella volta in cui hai fatto in modo che il ragazzo entrasse prima di noi? Questa mi sembra un'ottima occasione per replicare.»

Afferrai il perfetto duplicato della pergamena con l'incantesimo. «Le circostanze sono molto diverse. Primo perché il ragazzo, come lo chiami tu, era un assassino. Secondo perché sapevamo benissimo con cosa ci stavamo battendo. E avevamo bisogno di un'esca. Ora a cosa servirebbe? In base alle nostre informazioni l'entità reagisce in modo diverso a seconda di chi si addentra nella villa.»

«E potrebbe reagire in modo diverso anche rispetto alla stessa persona. Ci hai pensato?»

«Certo», risposi. «Motivo in più per fare un altro tentativo e scoprire qualcosa.»

«Ricorda però che le protezioni di cui ti vanti tanto hanno effetto solo su di te. Gli spiriti non proteggeranno anche me. Ti chiedo almeno di lasciarmi qui, al sicuro.»

Scostai gli occhi dal foglio e li fissai di nuovo su quelli del mio assistente. «Dunque, hai paura di aver trovato qualcuno più forte di te e di essere divorato?»

«Te la senti di darmi torto?» ribatté. *«Mi scoccerebbe ora che sono così vicino alla libertà.»*

«Purtroppo non posso permettermi di non avere le tue impressioni. Ma se vuoi andare in pensione puoi sempre aiutarmi a trovare un nuovo assistente nei prossimi casi. Che ne dici?»

«Sei un bastardo, Kiesel. Si mangerà me e lo specchio in un

boccone e non avrai nessun assistente. Mi hai sentito, Kiesel? Sarai solo. Neanche i morti vorranno più tenerti compagnia.»

Lo ignorai e lo riposi nella custodia. Il cerchio di ebano stava già funzionando, schermando le urla isteriche di Lerner. Forse era vero, stavo perdendo la mia umanità, ma non potevo farci niente. Avevo un lavoro da svolgere e non potevo perdermi in inutili sentimentalismi. Anche la paura, ora che avevo assodato di dovermi avventurare di nuovo nella casa, era diventata una sensazione inutile e, come tale, avrei dovuto liberarmene.

———

Mi affrettai ad arrivare al portico, lasciando il cancello spalancato alle mie spalle. La valigetta era rimasta in auto. Avrei avuto bisogno solo della macchina fotografica, ora fissata intorno al collo, dello specchio di Lerner che tenevo in tasca e dei miei occhi. Mi sentivo protetto, sicuro. Gli spiriti del cerchio d'ebano stavano entrando in contatto con la mia mente, proiettando immagini di pace e serenità. L'incantesimo era stato pronunciato correttamente.

Spostai la torcia elettrica nella mano sinistra e afferrai la maniglia. Non ricordavo di aver chiuso la porta quando ero uscito. A quanto pareva, il mio avversario voleva essere lasciato in pace. Spalancai l'uscio e misi un piede nella proprietà. Fui di nuovo accolto dal silenzio, anche se mi sembrò diverso da quello che avevo sperimentato nel corso della prima ispezione. Ora la sensazione era davvero quella di trovarsi in una casa abbandonata e *vuota*. Per prima cosa mi diressi verso le scale dove avevo smarrito la pistola. Avrebbe potuto farmi comodo e non avevo la minima intenzione di lasciarla lì.

La tentazione di esplorare l'abitazione in lungo e in largo era grande. Tuttavia, era sempre opportuno procedere per gradi. E poi, se la rivoltella era davvero caduta per le scale, avrei colto l'occasione per ispezionare la cantina. Quasi mi sembrò di sentire il mio assistente rimproverarmi: avrei potuto farmi spiegare meglio la planimetria della casa dai suoi proprietari. Forse era vero quello che mi aveva detto: stavo perdendo il controllo sul lavoro. Forse ero davvero troppo stanco e per questo stavo diventando incapace di fermarmi. Be', non mi sarei comunque bloccato in quel momento. Andai con passo deciso verso la scalinata dove solo un paio d'ore prima avevo rischiato di farmi esplodere il cranio da quelle urla disumane. Ora tutto era avvolto nella quiete di una dimora trascurata. Dell'essere che mi aveva minacciato non vi era traccia.

Avrei fatto un salto al piano di sopra una volta recuperata l'arma. Mi era sembrato corporeo a sufficienza quando lo avevo incontrato e i proiettili avrebbero avuto un minimo di effetto. L'entità era apertamente ostile, tanto valeva pensare a come rispondere al fuoco. Direzionai il fascio di luce verso gli scalini, notando che non vi era la minima traccia di polvere. Dunque la signora Guidi si era dedicata alle pulizie, non appena preso possesso della casa. Mi chiesi se non avessero toccato per errore qualche oggetto che avrebbe fatto meglio a lasciare in pace. Era un'ipotesi che fino a quel momento non avevo considerato, ma poteva essere verosimile. Una maledizione inattiva avrebbe potuto trovare nuova linfa vitale con i gesti sbagliati. O anche soltanto rompendo l'oggetto che la conteneva. Avrei fatto meglio a chiederlo ai coniugi, una volta tornato in albergo... sempre che non avessi trovato qualcosa subito.

Scesi i primi scalini, sentendo rimbombare i miei passi contro le pareti circostanti. La luce della torcia illuminò un piccolo piano di legno che terminava contro una porta, lasciata aperta. Al di là di quella, mi sembrava di scorgere un pavimento grigio. Cemento, forse. Mi avventurai in quella direzione, cominciando ad avvertire una spiacevole sensazione alla base del collo. La pistola non era rimbalzata troppe volte e avrei dovuto già vederla. Illuminai porzioni diverse di suolo ma non notai nulla: il terreno era sgombro.

Superai la soglia e mi guardai velocemente intorno. Non c'era nessuno e almeno quella era una buona notizia. In compenso la rivoltella era scomparsa. Davanti a me c'era uno scaffale ingombro degli oggetti più disparati. L'opera di pulizia doveva essersi interrotta lì, la cantina era ricoperta di polvere. Un vecchio frigorifero riposava vicino a un lavandino semi arrugginito. Sulla parete direttamente davanti a me c'era un mucchio di legna da ardere. In origine doveva essere molto ben tenuta perché non c'erano residui organici sparsi per il resto del vano. Sulla destra c'era un telo a coprire quello che sembrava un altro mobile. Il centro del pavimento era vuoto. Dubitavo che qualcun altro avesse potuto raccogliere la pistola. Nessuno sarebbe potuto entrare in quell'abitazione senza subire l'influenza di quell'entità, persino nel caso in cui scegliesse davvero – come aveva suggerito Lerner – gli obiettivi da aggredire. Dunque esisteva una sola possibilità: la stessa creatura che mi aveva aggredito aveva ritenuto opportuno essere armata contro l'essere umano che aveva osato invadere il suo spazio.

Mi voltai di scatto verso le scale e tirai fuori lo specchio. Stavo iniziando a sudare freddo per la tensione. Ero protetto, questo era vero, ma l'idea che ci fosse da qualche parte una pallottola forgiata da me e puntata nella mia direzione non mi piaceva affatto.

«Che succede, Maestro?»

Le parole di Lerner arrivarono lontane, filtrate com'erano dall'opera di protezione svolta dagli spiriti del cerchio d'ebano.

Ho bisogno che setacci la stanza, risposi. *Cerca di tenere a bada il tuo estro creativo nel riflesso e vedi se c'è la mia rivoltella da qualche parte.*

La cantina nel mondo di Lerner era un universo pieno di ferri arrugginiti, stracci luridi, molle improbabili che spuntavano dalle pareti insieme a chiodi acuminati. Nel riflesso era lui a stringere la torcia tra le mani, illuminando gli angoli e lo spazio circostante. Sembrava aver capito subito che non era il caso di scherzare. Eravamo entrambi in pericolo.

«Di una cosa sono certo. Non è qui. C'è un attizzatoio nel mobile coperto dal telo e qualcosa che somiglia a una cesoia. C'è anche un'accetta sepolta dal legname, ma niente che somigli alla tua arma da fuoco. Adesso hai intenzione finalmente di darmi retta e battere in ritirata?»

Una parte di me avrebbe voluto farlo davvero. Quel caso stava diventando molto più pericoloso del previsto e tirarmi fuori sembrava l'opzione più ghiotta. Ma fuggire in quel momento avrebbe significato interrompere un flusso.

E come avresti intenzione di risolvere questa situazione?

Lerner interruppe la ricerca e mi guardò. *«Con un bulldozer. Radi al suolo questo posto fino alle fondamenta. Lo benedici e, se proprio ci tieni, lo ricostruisci da capo. Semplice, veloce e poco pericoloso. Non trovi?»*

Aveva ragione, naturalmente. Ma non poteva essere una scelta dettata dalla paura. Con quale fegato sarei riuscito a entrare in un nuovo luogo infestato se fossi fuggito? La mia missione sarebbe stata irrimediabilmente compromessa. E, stando alle parole del mio assistente, anche la mia vita. Da mesi pensavo solo al lavoro. Se non fossi riuscito a svolgere neanche quello, non avrei avuto altro. Sarei diventato lo spettro di me stesso.

Al momento non può individuarmi. L'incantesimo è ancora attivo. Voglio vederci chiaro prima di fuggire. E poi il nostro amico potrebbe anche aver raccolto la pistola allo scopo di studiarla. Potrebbe non sapere neanche a cosa serva.

«Ci sono troppe cose che ignoriamo. Il rischio di rimanere intrappolati qui dentro è vastissimo. Fai come ti pare, Kiesel. Ho già capito che sei guidato da un istinto di autodistruzione. Credimi, lo conosco molto bene.»

Si riferiva al modo in cui era morto, lo stesso che lo aveva trasformato in ciò che era ora. Be', le nostre situazioni erano molto diverse. Anche perché il mio non poteva considerarsi un suicidio vero e proprio. Non desideravo morire in quella villa, volevo solo arrivare al bandolo di quella matassa insanguinata.

Tornai al piano terra, trovandolo nelle stesse condizioni in cui lo avevo lasciato. L'entità era ancora ignara della mia presenza. Ricordai il racconto del signor Guidi: aveva detto che il fetore di putrefazione proveniva dal livello superiore. Questo voleva dire che la mia teoria poteva ancora essere verificata, avrei solo dovuto salire le scale e continuare a cercare. Se la maledizione fosse appartenuta a un oggetto, sarebbe stato molto semplice risolvere il caso, per quanto letale potesse sembrare l'entità che infestava la casa. Sarebbe stato sufficiente distruggere quell'effige, e la presenza si sarebbe dissolta.

Salii i primi scalini, facendo attenzione al più lieve suono. Tutto sembrava silenzioso, ma non mi piaceva l'idea di allontanarmi troppo dalla porta d'ingresso. Ogni secondo in più in quella casa aumentava la probabilità di essere raggiunto da una pallottola d'argento al cuore.

Arrivai al corridoio che la presenza aveva percorso poco prima. Non c'era traccia di sangue né del suo passaggio. Questo voleva dire che non era ancora materiale del tutto, altrimenti avrei dovuto trovare qualcosa.

Davanti a me c'era una porta socchiusa. L'interno sembrava buio. Sulla destra ce n'era un'altra spalancata da cui proveniva la luce del sole, ormai rossastra. Vidi un materasso a due piazze e immaginai fosse la camera da letto principale. Vicino a quest'ultima vi era un'altra stanza, probabilmente il bagno o un ripostiglio. C'era un'ultima apertura alla mia sinistra, in fondo al corridoio. All'angolo c'era una sbarra di metallo con un gancio all'estremità e, guardando in alto, vidi una botola. Tirando con il gancio sarebbe stato possibile accedere alla soffitta. Dovendo escludere la cantina, pensai subito che fosse in alto il problema della possessione.

«Non mi piace questo posto. Sta avvelenando anche questa parte dello specchio. Sbrigati a dare un'occhiata in giro prima che influenzi i tuoi spiriti protettori. E già che ci sei vedi di trovare la tua pistola. Da questa parte non riesco a vederla.»

Non mi aspettavo di trovarla nel corridoio. Quasi sicuramente era stata portata nel luogo in cui l'entità si trovava più al sicuro. Di nuovo pensai alla soffitta. Se l'emanazione della presenza stava avendo effetto su Lerner, probabilmente stava facendo lo stesso al cerchio d'ebano, consumando l'incantesimo di protezione. Dovendo scegliere per sicurezza di esplorare un solo vano, ero pronto a puntare tutto sulla soffitta. Prima diedi un'occhiata nello specchio. Volevo sapere se il mio assistente stava dicendo il vero o se stava esagerando per svignarsela.

Rimasi un istante in silenzio, fissando il riflesso.

«Adesso mi credi, Kiesel?»

Sarebbe stato difficile non farlo. Era la prima volta che la superficie riflettente era un duplicato quasi perfetto della realtà circostante. Tutto sembrava solo un po' malmesso, come se la casa nello specchio fosse più vecchia di una decina d'anni. Fu l'immagine di Lerner a impressionarmi di più. Era fermo dietro di me, appena visibile. I capelli radi erano sciolti intorno a un viso persino più pallido del solito. Riuscivo a vedere la ringhiera di legno oltre il suo corpo. Era come se si stesse consumando.

Mi lasciai scappare un sussurro. «Cosa sta succedendo?»

Fu come se tutta la casa si fermasse. Non avevo udito niente, ma il cambio di percezione fu istantaneo.

«Non ne sono sicuro, ma faresti meglio a muoverti o dovrai trovarti un nuovo assistente. Oh, aspetta. Se rimani qui abbastanza a lungo ci sono buone possibilità che diventi l'assistente di te stesso.»

Mi ero già mosso lungo il corridoio, raggiungendo la sbarra di metallo. La sollevai, fino a raggiungere con il gancio la parte di ferro che sporgeva dalla botola. Dovetti applicare un po' di pressione per riuscire a tirar giù una scala pieghevole. Lo sferragliare fu intenso e assordante. Se fino a quel momento ero riuscito a mascherare la mia presenza, ora era come aver suonato il campanello. Non mi diedi il tempo di riflettere e cominciai a salire quei gradini dall'aspetto instabile. Non sono mai stato un tipo corpulento, ma i miei settantacinque chili sembravano davvero troppi per quell'impalcatura. Mi appoggiai al corrimano, ignorando le parole di Lerner e schermandole con l'aiuto degli spiriti. Dall'alto arrivava una luce e immaginai non ci fossero imposte a coprire i vetri delle finestre. Dovevano essere gli ultimi raggi del sole morente.

Arrivato a metà della salita riuscii ad affacciarmi e capii di essere stato ingannato. Il bagliore non proveniva dall'esterno, come avevo pensato, ma da un punto al centro dell'enorme ambiente. Era una sfera luminosa che vorticava – sospesa a mezz'aria – contornata da scintille che vi orbitavano intorno come pianeti intorno al sistema solare. Rimasi inchiodato a fissare quello strano fenomeno, incapace di avanzare o di decidermi a scendere. E mi resi conto che la presenza mi stava guardando a sua volta.

La sfera si alzò, lasciando dietro di sé una scia abbagliante che fu presto inghiottita dall'oscurità. Poi la luce assunse la forma di un volto umano e cambiò di tonalità. Divenne prima rossa come il sole in procinto di tramontare e poi ancora più scura, come sangue coagulato. Un attimo dopo, mentre ero ancora immobile sulla scala, il globo prese le sembianze di un volto umano ghignante. Gli occhi di quel viso diabolico erano fissi su di me. Mi stava guardando davvero. Lo vidi muovere le labbra, non riuscendo a cavarne alcun suono.

La mia parte razionale mi suggeriva che l'entità non riusciva a comunicare con me solo perché ero sotto l'incantesimo di protezione. Altrimenti sarebbe stato faticoso mantenere la sanità mentale, una volta aperto un canale di comunicazione con quell'incubo. Sollevai la macchina fotografica con la mano destra, facendo attenzione a non compiere movimenti bruschi. Puntai lo strumento verso la manifestazione e scattai una sola foto, senza flash.

La reazione fu istantanea. Tutto si spense e rimasi a fissare un oceano di nero. Strinsi le dita intorno al corrimano, indeciso sul da farsi. Quindi sentii quella massa di oscurità pulsante piombare su di me. Per un attimo fui cieco e mi lasciai scappare un gemito, riuscendo in qualche modo a rimanere in posizione eretta. Tornai a vedere, rendendomi conto di essere stato salvato dal cerchio d'ebano. Lerner stava facendo qualcosa che non gli avevo mai sentito fare.

Gridava.

Mi voltai, deciso a seguire finalmente il suo consiglio e fuggire prima che l'entità decidesse di attaccarmi di nuovo. Non feci in tempo a toccare il pavimento del primo piano che un tuono esplose alle mie spalle, stordendomi e facendomi perdere l'equilibrio. Precipitai in avanti, con la consapevolezza che, almeno sulla pistola, avevo visto giusto.

Non so per quanto rimasi a terra stordito. Probabilmente furono solo pochi istanti, ma a me sembrarono ore. Per prima cosa controllai lo stato dello specchio. Checché ne dicesse il mio assistente, mi ero sempre preoccupato per l'incolumità del suo mondo. Era a posto. Mi doleva la testa e mi fischiavano le orecchie, così barcollai fino a raggiungere la scalinata. L'entità poteva essere ovunque. In quel momento non riuscivo a vederla ma poteva non significare nulla. Non era riuscita a piazzarmi un proiettile in corpo al primo tentativo, ma aveva ancora altre possibilità... almeno fino a quando non avessi raggiunto l'esterno. E probabilmente non sarei stato al sicuro neanche lì; avrebbe sempre potuto far fuoco dalle finestre.

Sentii il suono molliccio di passi dietro di me e istintivamente mi voltai. La creatura che avevo visto nel corso della mia prima ispezione era ancora lì. Carne, sangue e ossa, mischiati insieme in una rozza scultura a forma di uomo. Non avendo idea di come avrebbe dovuto reggere un'arma, l'essere si era fatto spuntare una specie di moncherino che partiva dal centro del petto, all'altezza dello sterno. Preso dal panico, e ancora intontito, non riuscii a muovermi. Rimasi impietrito a fissare quella massa informe scendere fino al corridoio. Si voltò nella mia direzione, la pistola che danzava nell'aria, come se non riuscisse a comprendere come puntarla o *dove*.

«Gli spiriti ti stanno ancora schermando, Kiesel. Ma non durerà a molto. Scuotiti da questo stato di ipnosi e vattene.»

Lerner aveva ragione, ma decisi di approfittare dell'esitazione della presenza per fotografarla di nuovo. Forse non sapevo neanche cosa stessi facendo o forse la mia curiosità scientifica stava avendo la meglio. Premetti il pulsante per catturare l'istantanea e questa volta i riflessi dell'essere furono più lenti. Quando pigiò il grilletto ero già a metà della rampa, deciso a uscire da lì il più velocemente possibile. Sentii i vetri tintinnare uno contro l'altro in cucina e i mobili tremare come se un terremoto stesse scuotendo le fondamenta. Ma non era un fenomeno naturale, era solo la casa stessa che si ribellava al mio tentativo di fuga. Per fortuna non riusciva a individuarmi. Dovevo essere una macchia indistinta sul radar.

Raggiunsi la porta d'ingresso con la forza della disperazione e afferrai la maniglia. Non ricordavo di aver chiuso l'uscio, ma fu così che lo trovai. Tirai e incontrai una certa resistenza. Aumentai la forza e, quando finalmente l'apertura fu larga abbastanza, sgusciai fuori. Mi trovavo di nuovo all'aria aperta, ma non c'era tempo da perdere. Corsi all'auto su gambe malferme e mi chiusi dentro, accorgendomi che stavo trattenendo il fiato da chissà quanto.

Una volta seduto, appoggiai lo specchio e la macchina fotografica sul sedile del passeggero e tirai giù il finestrino, cercando di tornare a respirare normalmente. La casa incombeva su di me. Non c'era traccia della forza che mi aveva quasi ucciso, fatta eccezione per la porta d'ingresso. Ora era aperta del tutto, un invito eloquente ad accomodarmi di nuovo all'interno di quelle mura maledette.

Ora che ero al sicuro non avevo alcuna fretta. Il primo passo da compiere era riacquistare il controllo. Avevo rischiato molto, questo era vero, ma non era la prima volta e per fortuna non sarebbe stata l'ultima. Avevo delle nuove informazioni che avrebbero potuto aiutarmi a risolvere il caso. Mi tolsi il cerchio d'ebano dal capo e lo riposi all'interno della valigetta. Dal bagaglio estrassi una fiala di nettare di mirtillo, miele ed essenza di vaniglia. I mirtilli erano stati coltivati in una serra nutrita da suolo sacro e acqua purificata. Il miele proveniva da una fattoria molto particolare gestita dai sacerdoti di Sarlo. Facevano parte di un gruppo clericale che si dedicava alla cura degli animali. Persino le api sembravano obbedire ai loro ordini. La vaniglia, mi duole ammetterlo, era solo per mio gusto personale.

Svuotai la boccetta in un solo sorso, cominciando subito a sentirmi meglio. Era un concentrato perfetto per calmare i nervi e recuperare la serenità in circostanze pericolose. Alla prossima ispezione avrei fatto bene a portarne un po' con me.

«Ora che hai finito di drogarti possiamo tornare in albergo?»

«Da quando hai bisogno di un posto fisico diverso per sentirti meglio?»

«Da quando ho rischiato di vedere il mio mondo fatto a pezzi da un proiettile d'argento. E da quando il mio aiutante umano sta facendo di tutto per farmi crepare una seconda volta.»

«Dunque ora sono io il tuo assistente?»

«Hai capito cosa intendevo.»

Certo che lo avevo capito. Aveva bisogno di sentire la mia voce per avere la consapevolezza di essere ormai fuori pericolo. Essere trapassati era brutto ma rischiare di diventare cibo spirituale per un'altra entità era persino peggio. Forse in quello eravamo davvero simili e potevamo contare solo uno sull'aiuto dell'altro.

«Ne hai cavato qualcosa?»

«Non lo so. In questo momento sono solo contento di aver riacquistato il controllo sull'interno dello specchio. È stata una sensazione molto pesante. Si stava impadronendo di tutto. Quella cosa è come un virus. Niente di simile a quello che abbiamo incontrato finora. Eppure ha qualcosa di familiare, te l'ho detto. Solo che non riesco a capire cosa.»

«Ne parliamo meglio dopo che i Guidi ci avranno fornito altre informazioni.»

«Comincio a odiare quella parola. Non mi è mai piaciuta, lo ammetto, ma ora inizio proprio a detestarla. Informazioni. Al diavolo le informazioni.»

«Già, proprio al diavolo», confermai, mettendo in moto.

«Se era una battuta non era divertente.»

Sapevamo entrambi che non stavo facendo ironia. C'era qualcosa di spaventoso in quella villa e non aveva niente a che fare con le anime dei defunti. Di conseguenza stavamo affrontando qualcosa di peggio. Assicurai Lerner nella custodia e dentro la valigetta, feci scattare la sicura e accesi il motore. Quando arrivai alla strada asfaltata mi resi conto che il sole era appena tramontato. Ero stato all'interno della villa davvero per poco tempo e avevo rischiato di farmi ammazzare. Dovevo solo trovare il modo per trascorrere un intero giorno all'interno della casa e avere la meglio sulla presenza che la infestava.

Per arrivare a quel risultato avevo bisogno del signor Guidi. E delle sue *informazioni,* per quanto il mio assistente avesse preso a disprezzare quel termine.

QUATTRO

Una volta in camera mi resi conto di quanto fossi stanco. La scarica di adrenalina causata dal pericolo e dall'ultima ispezione si era esaurita, lasciandomi stremato e apatico. La doccia che mi ero concesso aveva solo aumentato il bisogno di appoggiarmi sul materasso e chiudere gli occhi per qualche ora. Non era bizzarro che volessi dormire: le mie esperienze passate mi avevano già insegnato ad approfittare di ogni possibilità di riposare. Avevo giorni impegnativi davanti a me e avrei dovuto arrivarci carico di energie.

Dovetti sforzarmi di rivestirmi in abiti civili e rendermi presentabile per la cena. Avevo promesso a Guidi che avrei mangiato con loro, solo in quel modo ero riuscito a evitare l'interrogatorio. Poveraccio, potevo comprendere la sua ansia. Forse si era persino reso conto del mio stato di turbamento quando mi aveva rivisto. Come sempre avrei spiegato al mio cliente la reale situazione. Lui e la moglie dovevano sapere che, allo stato attuale delle cose, avevo più dubbi che certezze. Da un lato forse mi auguravo che il signor Guidi mi intimasse di abbandonare l'indagine. Solo in quel caso sarei riuscito ad allontanarmi in pace con la mia coscienza.

Lo specchio di Lerner era sul letto, privo della custodia. Avevo provato a estorcere al mio assistente qualche altra impressione, ma lo spettro si era chiuso in un preoccupante silenzio.

«Sto per andare a cena», annunciai, sperando di attirare così la sua attenzione. Quando non ottenni alcuna risposta, mi schiarii la voce e aggiunsi: «Vorrei che studiassi i nostri clienti. Potrebbero nascondere qualcosa e tu sei la persona più adatta per registrare atteggiamenti ambigui e... tutto il resto.»

La voce di Lerner arrivò stanca e distante. «*Scusa, Maestro, ma credo di aver bisogno di un po' di riposo per ricaricarmi. Ti dispiacerebbe lasciarmi dove sono? Prometto che da domani sarò di nuovo pronto a essere disintegrato.*»

Ci pensai su, mentre terminavo di indossare la camicia e il completo di ricambio che avevo nel bagaglio grande. Portavo sempre un abito da portare in occasioni *civili*. Decisi di lasciar stare il mio assistente. Se non lo avessi portato con me avrebbe passato le ore successive in uno stato semi catatonico durante il quale avrebbe assorbito le energie spirituali residue dell'albergo, ricaricandosi. Non era affatto un male. Oltre a restituirmi un Lerner in perfetta forma l'indomani, il processo avrebbe purificato l'edificio, garantendo anche a me una nottata priva di sogni tormentati.

Indossai le scarpe e tentennai per qualche istante sulla porta d'ingresso. Infine raccolsi la macchina fotografica e la portai con me. Dopotutto, quella era la villa dei coniugi Guidi e avevano il diritto di vedere con i loro occhi lo spettacolo di cui ero stato testimone. E poi avevo bisogno di studiare la loro reazione. Privo dell'aiuto di Lerner, e troppo stanco per eseguire un altro incantesimo, ero costretto ad agire secondo logiche umane.

«È lui che libererà la nostra casa?» domandò la signora Guidi, esitando a stringermi la mano.

Indossavo ancora i guanti. Avrei potuto carpire qualche informazioni extra se avessi sfiorato le sue dita ma lo scambio mi avrebbe prosciugato della poca linfa che mi rimaneva. Occorreva sempre dosare le proprie energie, lo avevo già imparato a mie spese. E Lerner aveva esagerato quando mi aveva accusato di aver perso la mia naturale prudenza. Ero ancora quello di sempre. Ero solo stato colto di sorpresa da un'entità che non avevo mai incontrato prima.

La signora Guidi era una donna di bassa statura, forse poco più di un metro e cinquanta. Aveva i capelli biondi tagliati corti e pettinati da un lato e le occhiaie di chi dorme poco e male da troppi giorni. Lo smalto alle unghie un tempo doveva essere stato rosso, ma ora era rovinato e scolorito in più punti. Doveva essere stata così stressata da non aver pensato di riapplicarlo. In compenso si era passata un po' di trucco sul volto, forse nel tentativo di apparire in condizioni decenti per la cena imminente.

«Mi avete assunto per questo», risposi, «e farò del mio meglio per arrivare al risultato.»

«Cosa sta succedendo?» mi incalzò lei.

«Cara», mi interruppe il signor Guidi prima che potessi replicare, «perché non ci sediamo prima di cominciare la conversazione? Il signor Kiesel di sicuro avrà molta fame e faremmo meglio a fargli mettere qualcosa sotto i denti. Dico bene?»

«Non avrei saputo esprimermi meglio», affermai.

I coniugi mi precedettero lungo la hall, accompagnandomi nella sala adibita alla cena. C'era spazio per molti coperti anche se in quel momento solo quattro tavoli erano occupati. Il signor Guidi si diresse verso una postazione più isolata dalle altre, dove avremmo potuto parlare senza interruzioni e, soprattutto, senza essere ascoltati.

Mi sedetti, come era mia consuetudine, con la schiena rivolta alla parete. Dalla mia posizione potevo vedere tutta la sala. Subito arrivò il cameriere, un ragazzo di circa vent'anni, con la camicia sporca di sugo sulla manica e degli occhiali spessi sul volto annoiato. Non doveva essere uno sballo lavorare in bassa stagione. Ordinai un piatto di pasta, un filetto e patate al forno. Oltre a essere stanchissimo avevo una fame mostruosa.

«Deve essere molto coraggioso per trovare appetito in una situazione simile», commentò la signora Guidi.

Ancora non ero riuscito a inquadrarla, ma dava l'impressione di non avere molta fiducia in me. Mi limitai a scrollare le spalle. «Non mangiare quando si combattono forze del genere sarebbe da pazzi. Avrò bisogno di tutte le energie che riesco a trovare. E un buon pasto può fare miracoli.»

Presi un pezzo di pane e ne sgranocchiai la crosta. I due non mi toglievano gli occhi di dosso, forse aspettando che iniziassi a raccontare. Prima però avevo bisogno della mia razione di informazioni. Non volevo che interpretassero ciò di cui erano a conoscenza in base alla mia avventura nella loro proprietà. «Mi piacerebbe sapere qualcosa in più sulla casa prima di dirvi cosa mi è capitato, se non vi dispiace.»

«Non c'è moltissimo da dire», rispose la donna. «Non ho mai avuto bisogno di scavare molto nella storia di quella villa. Da quel che mi ha raccontato mio nonno, pace all'anima sua, la base della costruzione esiste dalla fine dell'Ottocento. Era utilizzata come una specie di stazione di montagna, dove i viaggiatori si fermavano, mangiavano, dormivano e poi se ne riandavano. Dopo la Prima Guerra Mondiale cadde in disuso e solo dopo la Seconda qualcuno decise di acquistare la proprietà e di trasformare la baracca in un'abitazione. Da quello che so ci fu soltanto un proprietario vero e proprio prima di mio nonno. E da quello che mi risulta non ci sono casi di morte violenta lì dentro. Ma possiamo chiedere conferma al sindaco, domani. È una persona molto alla mano e si è vantato con noi di essere un appassionato di storia locale.»

«Potrebbe farmi comodo un confronto con lui.» Giocherellai con la forchetta. Un secolo di storia per una casa era tantissimo tempo. Più eventi, persino avvenuti a distanza di tanti anni, avrebbero potuto provocare il fenomeno contro cui ci eravamo scontrati. Mi chiesi quanto ne sapesse davvero il sindaco di storia locale. «Vada avanti. Fino a questo momento ho parlato con suo marito, ma vorrei sapere cosa ha notato lei quando ha messo piede nella villa. Di sicuro non era la prima volta che ci è entrata, dico bene?»

«Sì.» Mi sembrò di notare il signor Guidi che si irrigidiva. Doveva essere abituato a gestire in prima persona tutti gli affari di famiglia e si stava irritando per essere stato messo da parte. «L'ultima volta che ci andai da sola fu un paio d'anni prima di sposarmi. Ci accompagnai mia madre. Morì qualche mese dopo quella visita, ma non è il caso di parlarne... anche perché i due fatti non sono collegati.»

Registrai mentalmente di svolgere qualche ricerca, nel caso. La donna non poteva sapere se i due fatti davvero non avessero un comune denominatore. Ancora non potevo permettermi il lusso di scartare ipotesi.

La signora Guidi rimase in silenzio per qualche istante e le concessi tutto il tempo di cui aveva bisogno per mettere insieme i ricordi.

Prima di riprendere la parola sospirò. «Be', tanto per cominciare, l'ambiente in quell'occasione era molto diverso. Quando siamo entrati nella proprietà, tre giorni fa, tutto mi era sembrato più lugubre. Quasi che la casa fosse una creatura viva e non ci volesse. Mi sono detta che doveva dipendere dallo stato di abbandono. Sa come succede con le case vuote, no? Perdono quell'aria di familiarità. Il calore degli ambienti che ricordavo con tanto piacere era svanito. Era come se la morte di mio nonno avesse fatto scendere un'ombra su tutta la villa. Non so se riesco a spiegarmi.

«Perfettamente», risposi. «Vada avanti, la prego.»

«E quando hanno cominciato a verificarsi quegli strani... *eventi* non ho saputo proprio cosa pensare. Non era mai successo niente del genere. *Mai.* Mio nonno non ha neanche mai creduto in niente di sovrannaturale. E di sicuro non sarebbe stato capace di vivere in una dimora infestata. È come se qualcosa fosse scattato quando siamo arrivati noi. Come se il nonno non ci volesse tra i piedi.»

Scossi il capo. «Non credo si tratti di suo nonno, almeno su questo aspetto può stare tranquilla. Questo non è un caso di spiritismo in senso stretto.»

«In senso stretto?» ripeté il signor Guidi. «Cosa vuol dire? O si tratta di spiriti oppure no.»

Arrivò il cameriere con la pasta per me e due piatti di minestra per i coniugi. Era ragù fresco e l'odore mi fece aumentare la salivazione. Quando potevo godere del buon cibo era uno dei rari casi in cui mi sentivo vivo davvero. Ne presi una generosa porzione, masticai, godendo del sapore e inghiottii. Mi sentii subito meglio.

«In realtà ci sono vari tipi di spiriti», spiegai, non alzando il capo dal piatto. «Quelli più comuni derivano dagli esseri umani. Povere anime intrappolate in un mondo a cui non appartengono più. I fantasmi veri e propri, tanto per intenderci. È chiaro?»

«E l'altro tipo?» domandò il signor Guidi.

«Gli altri si suddividono a loro volta in ulteriori sottogruppi. Alcuni sono emanazioni delle forze della natura. Inutile dire che il loro numero si è ridotto di parecchio con l'avanzare del dominio umano ed è sempre più difficile incontrarne. Altri derivano dal mondo emotivo. Un luogo in cui si è concentrata un'alta quantità di odio ha probabilità di sviluppare uno spirito che rifletta quell'emozione violenta. Un poltergeist, tanto per tirar fuori un termine con cui potreste avere familiarità.»

Feci una breve pausa per prendere un'altra forchettata. Gli occhi dei coniugi non mi perdevano di vista neanche per un attimo. Da un lato erano ancora sbalorditi per il mio racconto. Dall'altro vedevo affiorare un nuovo aspetto che avrebbe fatto comodo anche a me. Consapevolezza.

«L'ultimo sottogruppo che ne contiene a sua volta degli altri è quello relativo alle emanazioni infernali. Non abbiamo informazioni precise sul Sottomondo, quindi è facile incontrare entità che nessuno ha mai visto prima. O che nessuno è riuscito a vivere abbastanza a lungo da tramandare, tanto per capirci. Sono quelli che comunemente chiamate *demoni*. E credo ce ne sia uno nella vostra casa.»

«Un demone», ripeté il signor Guidi.

La donna si sporse in avanti. «Quindi sarà sufficiente chiamare un esorcista per purificare la casa. Giusto?»

«Non proprio», risposi, cercando di sopprimere il sorriso che mi stava affiorando. «Qui entra in gioco l'aspetto culturale della presenza. Perché alcuni rituali funzionino – quelli a buon mercato, almeno – è necessario che anche l'entità ci creda. Mi spiego meglio, a volte un esorcismo ha effetto perché anche lo spirito è convinto che debba averne. Se ci troviamo di fronte ai residui di un essere umano che è stato credente in vita, molto probabilmente l'intervento di un sacerdote sarà sufficiente perché riesca a trovare la forza per abbandonare il piano dei viventi. E anche con alcune presenze infernali può avere effetto, se hanno vissuto abbastanza a lungo tra gli uomini. Ma in caso di nuove infestazioni? Un prete potrebbe esserne ucciso o, peggio, posseduto. E qui non credo abbiamo di fronte un caso in cui sia auspicabile un intervento ecclesiastico.»

«Si spieghi meglio», disse il signor Guidi. Aveva appena toccato la sua minestra mentre io ero arrivato già a metà del mio piatto, nonostante fossi stato impegnato nella conversazione.

Afferrai un pezzo di pane e lo intinsi nel sugo, prima di rispondere. «Ho incontrato l'entità da lei descritta. Meglio ancora, l'ho fotografata, anche se non ho avuto ancora modo di visionare l'istantanea. Ho motivo di credere che per quell'essere la razza umana sia una scoperta quanto la sua esistenza lo è per noi. Non so se mi spiego.»

Il signor Guidi lanciò un'occhiata perplessa alla moglie prima di tornare a guardare me. «Non molto.»

«Mi lasci finire di mangiare», continuai, «poi, se ne avrà ancora il coraggio, daremo un'occhiata a quelle immagini.»

Lo vidi impallidire e lasciare il cucchiaio nella zuppa, seminando la tovaglia di gocce. Il signor Guidi non se ne accorse neanche. Quasi potevo indovinare i suoi pensieri: temeva che vedendo la foto nell'albergo sarebbe stato capace di evocare quella creatura anche lì. Non era un pensiero del tutto fuori luogo. Non poteva sapere che anche la mia macchina fotografica era stata sottoposta a una serie di rituali che avrebbero reso vano ogni tentativo di manifestazione. Potevo essere ossessionato dal mio lavoro al punto da rischiare la vita, ma non ero uno sprovveduto.

«Quindi quella *cosa* esiste davvero», commentò Guidi, quasi parlando con se stesso.

«Non credo avesse dubbi, altrimenti non mi avrebbe chiamato.»

«Questo non è del tutto vero. In parte avrei voluto che mi

dicesse di non aver trovato nulla di strano. Avrei preferito pensare di aver perso la testa.»

Mi limitai ad annuire. Anche io avevo sperato in molte occasioni di essere vittima di allucinazioni solo per scoprire che non era così.

L'uomo alzò lo sguardo, animato di una nuova determinazione, e proseguì: «Intendevo chiedere se questa entità è materiale quanto la percepiamo con la vista. Mi scusi se non riesco a essere più chiaro di così. Sento di avere la mente a pezzi.»

«Non posso darle torto», ribattei. Per un attimo la disperazione del cliente mi era arrivata al cuore, riempiendomelo di tristezza. Era un altro effetto della stanchezza, mi rendeva più umano. Dovetti far ricorso al mio autocontrollo per tornare quello di sempre, un attimo dopo. «In ogni caso quella creatura, qualunque cosa sia, è reale quanto me o lei. Talmente reale da avere la forza di reggere una pistola e di imparare a usarla.»

«E dove ha trovato un'arma da fuoco?» domandò la signora Guidi, scandalizzata. «Noi non abbiamo...»

«No, infatti», la interruppi, «sono stato io a introdurre una rivoltella nella vostra casa. Credo sia stata una scelta saggia. Avrei solo dovuto fare più attenzione a non lasciarmela scappare dalle mani quando mi ha aggredito. Per fortuna non è stata in grado di individuarmi nel corso della seconda ispezione, altrimenti ora non sarei qui e avreste un nuovo spettro all'interno della villa.»

I coniugi si scambiarono uno sguardo allarmato. Senza accorgermene ero passato dal conversare a consegnare loro un rapporto più o meno dettagliato sullo stato delle mie ricerche. Ecco che scherzi era capace di fare la stanchezza.

«Sa sparare?» domandò Guidi.

«Sta imparando», risposi. «Come le ho detto, non è un essere umano e non lo è mai stato. Ma percepisce la differenza tra noi e lui, e sta cercando di imparare come ci comportiamo. È stato capace di comprendere la minaccia rappresentata dalla pistola e di utilizzarla contro di me. Non è stato in grado di individuarmi solo perché ero protetto da incantesimi di mascheramento. Avrò bisogno di difese più specifiche domani, quando tornerò.»

Il signor Guidi appoggiò i gomiti al tavolo e si prese la testa tra le mani. Il resto dei commensali non faceva caso a noi. Solo il cameriere ci fissava con sospetto quando passava. Doveva aver sentito qualche parola che aveva catturato la sua attenzione. Forse aveva qualche storia da raccontarmi. Ne avrei approfittato alla prima occasione. Ora volevo solo terminare la cena e andare a letto. Avevo bisogno di dormire.

«Siete pronti a guardare le fotografie?»

«Sì», disse subito la donna, mentre il marito scuoteva appena il capo.

Presi la macchina fotografica dalla tasca e l'accesi. Non avevo visto le immagini da quando le avevo scattate. Non sapevo neanche se fosse rimasto registrato qualcosa. Allo stato attuale dei fatti, non mi sarei sorpreso se avessi trovato solo delle stanze immacolate. Se, come avevo supposto, il raggio di influenza della casa terminava tra quelle mura, poteva anche darsi che niente potesse uscirne. Neanche dei fotogrammi. Mi era già capitato in passato quando avevo avuto a che fare con lo spettro di un cane, talmente legato al padrone e alla casa da non volerli abbandonare neanche da morto. All'interno delle mura l'animale era sembrato materiale come se fosse stato vivo ma, quando lo avevo fotografato, ecco che le immagini cessavano di esistere una volta fuori dall'abitazione. Come se a livello istintivo il cane sapesse di non avere alcuna ragione di esistere fuori da quelle mura. Certo, il caso era molto diverso da quello che stavo affrontando ora, ma potevano esserci analogie.

Scoprii presto di aver avuto un timore ingiustificato. L'essere fatto di sangue e carne era dove lo avevo lasciato, con quella strana appendice extra a reggere la pistola. Aspettai che il cuore decelerasse prima di consegnare lo strumento alla donna. Combattere la paura era prioritario, quali che fossero le circostanze. Se mi fossi abituato a quella vista d'incubo, la prossima volta non avrei esitato nell'affrontarla.

La donna impallidì ulteriormente quando vide lo schermo della macchina digitale. Rimase paralizzata per qualche istante, quindi scoppiò a piangere. Si portò una mano agli occhi, mentre con l'altra reggeva ancora l'oggetto incriminato. La lasciai fare, mentre il cameriere passava di nuovo vicino al nostro tavolo.

«Tutto bene?» domandò.

«Stiamo trattando un argomento molto delicato», risposi. Lo vidi tentare di scorgere qualcosa sullo schermo e mi affrettai a coprire la foto con un tovagliolo. «E personale», aggiunsi.

«Scusatemi», disse lui. «Mi ero solo preoccupato.»

«È tutto sotto controllo», replicò il signor Guidi, tornando finalmente nella conversazione. «Stiamo risolvendo un grosso problema.» Il giovane si allontanò e il cliente si rivolse di nuovo a me. «Qualunque cosa le serva, non ha che da chiedermelo.»

«Non c'è bisogno di retorica», risposi. «Mentre ero nella villa ho pensato che il fenomeno potesse essere causato da un oggetto maledetto. Credo ancora sia un'ipotesi verosimile, visto che la casa non è mai stata infestata prima di oggi. Se è quella la ragione dei vostri disagi, allora basterà distruggere il mezzo. In ogni caso dovrò svolgere altre ricerche. E di sicuro mi farà comodo parlare con il sindaco del paese domani mattina, prima della terza ispezione.»

«Ha davvero intenzione di tornare nella casa?» domandò la donna. «Disarmato?»

Mi lasciai scappare un sorriso, che sperai fosse rassicurante. «Sarò solo privo della rivoltella, non *disarmato*. Adesso, se non vi dispiace, vorrei tornare nella mia stanza. Sono davvero esausto.»

L'uomo tentennò, lanciando un'ultima occhiata alla macchina fotografica, ora coperta dal tovagliolo. Capivo cosa si agitava nella sua mente. Desiderava avere lo stesso coraggio della moglie. Doveva essere un tipo vecchio stampo. Questa volta repressi il sorriso. Non volevo che si offendesse.

«Può sempre vederle domani con la luce del sole», dissi. «Non ha bisogno di rovinarsi una notte di sonno.»

«Non credo di riuscire a dormire.»

Lui no, ma io ne avevo bisogno. Così mi alzai in piedi, risolvendo il momento imbarazzante. Li salutai, dando loro la mano e mi diressi verso le scale. Passando, fermai il cameriere: «È possibile farmi avere il secondo e la verdura in stanza?»

Lui assunse un'espressione imbarazzata. «Normalmente no.» Giocherellò con un fazzoletto prima di continuare. «Ah, ma chi se ne importa. Non credo ci saranno problemi. Ci sono pochi clienti in questo periodo dell'anno.»

Ebbi l'impressione che volesse chiedermi altro, ma lasciò perdere e io non feci domande. Mi limitai a ringraziarlo per quella gentilezza e mi diressi verso le scale.

CAPITOLO

CINQUE

Q uando il ragazzo bussò alla porta avevo già gli occhi chiusi a metà. Mi alzai con uno sforzo estremo e andai ad aprire. Presi il vassoio delle vivande e terminai di consumare il pasto seduto davanti alla scrivania, nel più totale silenzio e nella semi oscurità. Il mio assistente era dove lo avevo lasciato. Non aveva tentato di comunicare con me e io non avevo alcuna voglia di conversare.

Terminato il pasto, mi assicurai di aver chiuso a chiave e tornai a sdraiarmi. Mentre il corpo e la mente riposavano, il mio spirito avrebbe continuato a lavorare.

Sprofondai nella dolce oscurità del sonno. Impiegai solo pochi istanti perché la mia proiezione si alzasse dal materasso. Il mondo, come ogni volta in cui uscivo dalle mie membra, era un concentrato di nebbia e piccoli vortici elettrici. Gli oggetti erano appena visibili in quell'universo e avrei impiegato molto tempo per abituarmici. Solo lo specchio di Lerner brillava come una super nova nelle tenebre, sprigionando un chiarore che illuminava anche il mio volto rilassato. Se avessi tolto dalla valigetta il resto della mia attrezzatura prima di addormentarmi, ora avrei visto scintillare anche quella. Solo gli spiriti erano visibili in modo nitido quando mi trovavo in quella strana condizione tra la vita e la morte. Il lato positivo era che non riuscivo a vederne intorno a me né fuori dalla finestra. Il posto era sicuro, avrei potuto allontanarmi dalle mie spoglie mortali senza correre rischi. Se qualcosa fosse capitato al mio corpo, sarei rimasto in quel Purgatorio per sempre. O fino a quando qualcuno non mi avesse esorcizzato a sua volta.

Aspettai qualche altro istante, giusto per essere sicuro di non spostarmi troppo velocemente e finire chissà dove. Quindi mi voltai verso la porta d'ingresso. Il piano era di avvicinarmi alla villa, ma prima avrei voluto vedere cosa contornava i corpi dei due coniugi. Ciò che avrebbe potuto farmi del male mentre ero in carne e ossa non avrebbe potuto ferirmi quando ero in forma eterea. E avevo bisogno di sapere se fossero loro a essere maledetti. Qualche informazione extra mi avrebbe fatto comodo nel corso dell'incontro con il sindaco. Conoscere le domande giuste da porre aumentava l'opportunità di avere anche le risposte.

Non riuscivo a ricordare il nome del primo cittadino di Piancastagnaio. Forse i Guidi neanche lo avevano nominato. Cominciavo già a sentirmi confuso, ma era solo un effetto di quella nuova condizione. Per quanto non fosse la prima volta, era difficile abituarsi allo stato etereo. Eppure non potevo concedermi troppo tempo per adattarmi: era il momento di muoversi.

Passai attraverso il sottile strato di legno dell'uscio e mi trovai nel corridoio. Fui avvolto da un bagliore accecante e per un attimo temetti di venire spazzato via. Non potevo chiudere gli occhi e arretrai, sperando che nella stanza quella luce non riuscisse a seguirmi. Incontrai la solidità della parete alle mie spalle. Avrei sudato freddo se avessi potuto.

Cercai subito di riportare alla memoria un incantesimo di protezione. Senza il potere della carne a dare sostegno alle parole sarebbe stato meno efficace, ma c'era comunque meno da difendere. Ero puro spirito.

«Non hai bisogno di rituali, incantesimi e altri sciocchezze del genere per proteggerti da me», disse la voce di una donna. *«Sei così spesso circondato da nemici che non ti rendi conto quando vengono a trovarti gli amici.»*

Il bagliore si abbassò di intensità, rendendo visibile la figura di una ragazza. Era avvolta da una foschia ancora brillante, come se delle lucciole fossero rimaste intrappolate all'interno del suo raggio d'azione.

La prima sensazione fu quella di essere caduto in una trappola. Qualche mio avversario doveva aver saputo del mio passato e ora lo stava utilizzando contro di me. Ero così sotto shock per quella visione che l'incantesimo abbandonò la mia mente.

«Marcello», disse ancora la giovane. *«Non sono qui per ingannarti o ferirti. Possibile che tu non riesca a capirlo? Se solo sapessi cosa ho dovuto passare per raggiungerti, la smetteresti di cercare un modo per farmi sparire.»*

Non poteva essere davvero lei. Mia sorella era morta quando avevo solo quindici anni. Per qualche tempo mi era stata vicina, come solo tra fratelli si riesce e essere, ma alla fine la natura aveva fatto il suo corso e il suo spirito era scomparso. Era stato grazie a lei che avevo scoperto la mia abilità e forse a causa sua avevo cominciato a svolgere il mio lavoro. Era stata lei a dirmi che non tutti gli spiriti erano amorevoli. In diverse occasioni mi era sembrato di rivederla ma ogni volta era scomparsa prima che riuscissi a parlarle, tanto che alla fine mi ero convinto di *volerla* incontrare.

E ora Priscilla era davanti a me e per la prima volta da anni mi stava parlando. Gli occhi erano grandi e risplendevano dello stesso chiarore che la circondava. I capelli erano legati in una coda, fatta eccezione per una ciocca rimasta sciolta, come nel momento in cui era morta. Sembravano filamenti d'argento. Per fortuna le ferite che le avevano deturpato il volto ora erano sparite. La pelle era liscia e pallida, priva di imperfezioni. Il viso era ancora più bello di come lo ricordassi.

«Come hai fatto a trovarmi?»

Le labbra di mia sorella si distesero in un sorriso. «*Non è questa la domanda giusta, zuccone. Quello che dovresti chiedere è* perché *ho rischiato molto per trovarti. Sei talmente ossessionato dalle tue spiegazioni scientifiche che non sei in grado di vedere le motivazioni nascoste* dietro *ai fenomeni. Dico bene? Sono riuscita a parlare nel tuo linguaggio idiota?*»

Fu il mio turno di sorridere. «Più o meno. Allora, cosa ti ha spinto a cercare la strada per raggiungermi?»

«*Sei circondato da un alone di pericolo. Anzi, sei talmente avvolto dalle insidie che il campanello d'allarme è risuonato fino al luogo dove mi trovavo. Puoi essere diventato un adulto noioso e pedante, ma sei pur sempre mio fratello. Dovevo avvertirti. Rinuncia a questo caso e torna indietro.*»

«Perché? Cosa vedi?»

«*È proprio questo il punto. Niente. È come se dentro a quella villa ci fosse una massa di oscurità vivente e nient'altro. Non credo tu abbia le capacità per affrontare un nemico simile. Anzi, sono convinta che non esista nessuno in grado di farlo. Rinuncia. Fai costruire una barriera che impedisca l'accesso alla proprietà e torna a casa.*»

«Continuate a ricordarmi quanto sia pericolosa questa indagine», replicai. «Ma è da quando sono nato che affronto minacce dall'Aldilà. Non capisco perché ora dovrebbe essere diverso. Quale che sia il nemico, lo sconfiggerò. Oppure morirò nel tentativo. Sono nato per questo lavoro.»

E non mi rimane altro, pensai. Avevo guadagnato abbastanza da poter vivere diversi anni senza aver bisogno di fare altro ma l'inattività mi avrebbe massacrato. Solo l'idea mi faceva venire i brividi.

«*O forse hai dedicato così tanto tempo a questa attività da convincertene. Ma non è tardi per cambiare strada. Per quanti sforzi tu faccia, potenze occulte continueranno a tormentare questo mondo. Lascia che siano altri a combattere queste battaglie. Tu hai fatto la tua parte.*»

«Stai dicendo di ritirarmi. Di andare in pensione. Ma perché? Non sono così vecchio. Sono nel pieno delle mie energie.»

«*Mi piacerebbe soltanto vederti condurre una via serena, almeno per un po'. Sei stato sul fronte per troppo tempo. Nessun soldato combatte per sempre. Tu non abbandoni mai la postazione. Non l'hai mai fatto e forse hai bisogno di aiuto.*»

Tornai a sorridere. «Su questo potresti avere ragione. Che ne dici di aiutarmi in questo caso tanto difficile? Accompagnami alla tenuta. Adesso.»

Mia sorella si fece più vicina e mi sfiorò il viso incorporeo con la mano. Fu una carezza interiore ma qualcosa mi scalfì il cuore lo stesso.

«*Come quella volta in campagna? Andiamo a caccia di fantasmi?*»

Non c'era bisogno di correggerla. In quella nostra prima scampagnata stavamo solo andando a esplorare una vecchia abitazione abbandonata. Il mio scopo era vincere la paura e quello di Priscilla fare contento il fratello minore. Entrambi sapevamo che non avremmo incontrato alcuno spettro. Pensavamo solo che sarebbe stata un'esperienza divertente. Per quanto ricordi, fu l'unica ispezione davvero piacevole di tutta la mia esistenza. E, a parte qualche pipistrello addormentato nello scantinato che disturbammo con le nostre torce, non incontrammo anima viva o morta.

«Ancora penso di trovarmi in un sogno», risposi. «Perché non approfittarne?»

Stavo per dire che mi sarebbe piaciuto incontrare anche i nostri genitori, ma alla fine non lo feci. Non c'era alcuna ragione per interrompere quel piccolo momento di serenità.

«Andiamo, allora. Afferra la mia mano.»

Nel corso dei viaggi astrali mi era già capitato di assistere a fenomeni particolari e spaventosi. Ma mai niente di simile a quello che vidi quando giungemmo al cancello della proprietà infestata. La rete metallica stessa era avvolta da filamenti luminosi tendenti al grigio, segno che l'intero perimetro ribolliva di presenze. Quella era l'unica fonte di luce. Dove sarebbe dovuta sorgere la casa c'era solo una barriera di buio. E quella massa scura continuava a muoversi e a contorcersi su se stessa come una creatura vivente.

Mi sentii atterrito. Dunque era quello il reale aspetto dell'entità che avevo affrontato nel pomeriggio. Essendo più nera della notte stessa, c'era da ipotizzare che con la luce del sole fosse meno potente. Di conseguenza, se fossi entrato nell'abitazione al crepuscolo, non ci sarebbero stati rituali in grado di proteggermi. Tutto sarebbe stato ingoiato da quell'insieme di buio. E se mi fossi avvicinato ora, in forma eterea, forse ne sarei stato risucchiato, senza possibilità di tornare indietro. Cominciavo a capire perché mia sorella avesse insistito per accompagnarmi.

Mi avvicinai al cancello, fluttuando nell'aria. Il colore della foschia intorno allo sbarramento cambiò di tonalità, passando a un verde scuro dall'aspetto minaccioso. La tenuta reagiva alla mia vicinanza.

«Vuoi ancora entrare nella casa dei fantasmi, fratellino?» domandò Priscilla.

«Non c'è alcun posto da visitare, adesso», replicai, gli occhi fissi su quell'ammasso di tenebre pulsanti. «Anche volendo, come potremmo entrare lì dentro?»

«È molto più semplice di quanto credi», ribatté mia sorella.

Avrei voluto chiedere spiegazioni per quella frase sibillina ma non ne ebbi il tempo. Priscilla mi spinse in avanti, dimostrando di avere una forza fuori dal comune per essere solo uno spirito. Fui scaraventato verso il cancello, che si aprì al mio passaggio, come per accogliermi. Urlai – o ci provai, almeno – mentre la nube oscura davanti a me risucchiava la mia essenza. Ciò che avevo temuto si stava realizzando. Stavo per diventare prigioniero di quell'entità senza nome.

Ero avvolto da quelle tenebre persistenti che mi soffocavano ogni istinto di sopravvivenza. Cercai di battermi, affidandomi alla forza che mi aveva fatto vincere in altre circostanze disperate, ma non avevo appigli. Dopo qualche attimo di incertezza il buio ebbe la meglio e mi lasciai andare.

Quando il turbine che mi aveva afferrato cessò scoprii che, nonostante tutto, ero rimasto me stesso. Ero sofferente e confuso ma ancora *reale*. Non c'erano suoni intorno a me e non c'era alcuna fonte di illuminazione. Mi trovavo in uno spazio nero e sconfinato. Dovevo essere nel centro della villa che rappresentava, per quanto ne sapevo, il cuore del tornado. Rimasi immobile in quello stato, tentando di fare chiarezza nella mia mente sconvolta.

Mia sorella non era mai stata lì. Entrando nella casa, la

presenza si era nutrita dei miei ricordi ed era stata capace di trovarne uno adatto. Aveva dato vita a una ricostruzione credibile di Priscilla e io ero stato talmente colpito nel rivederla da non comprendere in che razza di pericolo mi trovavo. Mi consolava soltanto sapere che il mio nemico doveva aver faticato molto per trovare un ricordo piacevole. D'altro canto, non era una gran consolazione sapere che l'entità era stata capace di *scegliere* quale forma assumere. Era dotata di consapevolezza.

Era da molto che non mi sentivo tanto ingenuo, ma non avevo tempo per colpevolizzarmi né per commiserarmi. Dovevo ragionare lucidamente o sarei morto tra le lacrime.

Doveva essere proprio attraverso il mio passato che quell'entità aveva scoperto come utilizzare una pistola. Non era solo tramite la mera osservazione, ma anche grazie allo studio della mente degli estranei. Forse era una creatura giovane. Era entrata in contatto ancora con pochi esseri umani. Ci conosceva poco. Ma quel poco, a quanto pareva, era stato sufficiente a volerci eliminare.

In ultima analisi, arrivai alla conclusione che quella presenza mi temeva. Priscilla per prima cosa aveva tentato di dissuadermi da quel caso e solo di fronte alla mia ostinazione mi aveva accompagnato nella dimora infestata. Tentare di eliminarmi una volta per tutte era stata l'ultima scelta. Vedendo ciò che avevo fatto della mia vita, quella *cosa* aveva già imparato ad avere paura di me.

Era una buona notizia anche se non risolutiva. Mi rimaneva comunque il problema enorme di trovare una via d'uscita da quell'universo buio nel quale mi trovavo. Avevo bisogno di un modo per tornare nel mio corpo prima che sorgesse il sole o sarei stato perso per sempre.

La disperazione cominciava a farsi strada dentro di me ora

che avevo terminato di ragionare sulla situazione. Conoscere lo stato delle cose non mi stava aiutando a uscirne.

«Mostrati», dichiarai all'oscurità circostante, «e affrontami. Cosa sei? E perché mi hai trascinato qui?»

Ero sicuro che l'entità comprendesse le mie parole. Forse non era in grado di parlare quando era in una forma fisica, ma mi aveva dimostrato di poterlo fare eccome quando si era presentata con le sembianze di mia sorella. Normalmente non sono un tipo vendicativo – mi limito ad affrontare gli avversari nel modo più freddo possibile – ma quel gesto era riuscito a farmi ribollire il sangue. Forse perché ero stato tanto ingenuo da cadere nell'inganno, ma sentivo davvero il bisogno di farla pagare al mio nemico.

Mi sembrò che le tenebre si muovessero in un piccolo vortice davanti a me e mi preparai a pronunciare la formula dell'incantesimo che avrebbe potuto farmi uscire. Anche se disperso in quell'oceano oscuro non ero affatto sconfitto. C'erano delle variabili da tenere in considerazione ma, se ero ancora vivo, voleva dire che la presenza non *poteva* uccidermi.

La ragione non mi era chiara ma di sicuro lo avrei scoperto strada facendo. Mi rasserenai quando scoprii che la magia era ancora ben impressa nella mia mente. Mi era stata insegnata da un ungherese, Levente Gàlfly, che sfruttava le sue capacità per introdursi negli appartamenti altrui, trovare cosa gli interessava rubare e come prenderlo. Essendo un appassionato di oggetti *particolari* si era trovato spesso in difficoltà. Così nelle sue ricerche era stato abbastanza abile da scoprire un modo per tornare nel corpo quando era in forma eterea, per direttissima. Stando a ciò che diceva lui, era come essere catapultati di scatto all'interno delle proprie spoglie mortali, un processo talmente disturbante da causare nausea e conati per diversi minuti. Naturalmente non mi aveva insegnato quel trucco gratis. Avevo dovuto liberare lo spirito di una defunta che era rimasto aggrappato con una tenacia ferrea a un braccialetto. Gàlfly non era stato da meno e aveva tenuto il monile per mesi, incurante degli ululati notturni, fino a quando non aveva sentito parlare di me e aveva richiesto la mia assistenza. L'istinto mi aveva dato ragione, come in altre occasioni, e ora avrei avuto modo di testare l'abilità dell'ungherese.

Non avevo ancora provato quella tecnica prima di allora ma a quel punto non pensavo fosse un problema rigettare la cena nella comodità della mia stanza d'albergo. Bisognava solo capire se avrebbe funzionato o se Gàlfly mi aveva venduto un falso.

Ero sul punto di provare la formula quando il turbine davanti a me assunse delle forme precise. Aspettai, lasciando che le parole dell'incantesimo fluttuassero nei miei pensieri. C'era una forma umanoide davanti a me e cominciavo a distinguerne i tratti. Quasi mi lasciai scappare un gemito.

Era ancora una massa di carne e muscoli scoperti ma ora aveva delle fattezze più definite. La statura era quella giusta e anche la stazza. Ma fu il volto a farmi rischiare di perdere il controllo. Dietro quei lineamenti appena abbozzati, come se ci avesse lavorato uno scultore con rozzi colpi di scalpello, riuscivo a riconoscere il mio viso.

L'entità stava cercando di riprodurmi.

Mentre ero ancora con lo sguardo fisso davanti a me, vidi che la *cosa* muoveva le labbra appena pronunciate, forse nel tentativo di comunicare. Se ci era riuscita mentre era in forma eterea, a quanto pareva ancora non ne era in grado adesso che si trovava nel limitato mondo materiale.

Non sarei rimasto ad aspettare che imparasse. Già quella vista aveva rischiato di farmi perdere la poca sanità mentale che mi rimaneva. Distolsi gli occhi dalla creatura miserabile che mi somigliava così tanto e pronunciai le parole dell'incantesimo.

Mi sembrò che l'essere mi facesse eco, come cercando di imparare il più possibile da me, ma tentai di non lasciarmi distrarre. Quando la formula fu completata, l'effetto fu istantaneo.

Non ero più circondato dalle tenebre minacciose della casa infestata ma ero nel buio della camera d'albergo, tossendo come un malato terminale in preda agli spasmi.

L'accesso di tosse era stato così violento che mi ritrovai presto in ginocchio sul pavimento, cercando disperatamente di riprendere il controllo. Pur sapendo di essere al sicuro, non mi piaceva l'idea di essere indifeso. Eppure sembrava che il mio corpo avesse avuto una crisi di rigetto quando lo spirito era tornato indietro a quella velocità. Normalmente rientrare nella propria forma fisica è un processo graduale, simile a quando ci si addormenta. Il sistema di Gàlfly invece era come un violento colpo al capo allo scopo di far perdere i sensi alla vittima.

Riuscii comunque a non vomitare, anche se la bile mi risalì lungo l'esofago diverse volte. Ci vollero molti minuti perché la crisi passasse e io potessi tornare a respirare.

Una volta in posizione eretta, mormorai una breve preghiera di ringraziamento verso il ladro ungherese che mi aveva appena salvato la vita. Forse io gli avevo garantito un oggetto prezioso, ma lui aveva fatto qualcosa di molto più importante.

Mi trascinai di nuovo sul letto, mettendomi seduto. Era bello poter prendere aria senza correre il rischio di soffocare. Quando mi sentii di nuovo saldo sulle gambe, mi avvicinai alla finestra e la spalancai. La frescura della notte e gli aromi del bosco arrivavano fin lì. Purtroppo avevo bisogno di ben altro per rilassarmi. Ormai avevo la consapevolezza che a pochi chilometri di distanza c'era un'entità che stava cercando di assumere le mie sembianze. Mi sarebbe solo piaciuto scoprire il perché di quella cieca determinazione.

Tornai alla scrivania, lasciando i vetri aperti. Avevo bisogno di aria pulita. Presi lo specchio e notai che Lerner era di nuovo attivo, e che mi stava aspettando.

«Stiamo proprio facendo di tutto per lasciarci la pelle, non è vero, Kiesel?»

Sembrava essere tornato in possesso delle sue facoltà. La camera alle sue spalle era distrutta come se un tornado si fosse abbattuto su di essa. Il letto era rovesciato da un lato e bruciato. Le pareti erano ricoperte di graffi e incisioni. Sembrava che il mio assistente si fosse accanito sui muri con un'accetta. Forse quella distruzione era dovuta alla necessità di sfogarsi dopo essere stato esposto alla minaccia di quella casa.

«No, sto solo facendo quanto in mio potere per capire qualcosa in questo casino.»

«Casino, eh? Deve averti dato una bella ripassata in mia assenza se cominci a esprimerti come noi poveri bastardi ignoranti.»

Lerner aveva ragione. Non solo ero sconvolto ma stavo tremando. Avevo rischiato grosso, ma non era solo quello a farmi sentire spaventato. Era l'atmosfera generale che stava assumendo quel caso. Mi sembrava di trovarmi in un sogno dal quale era impossibile svegliarsi. Peggio ancora, era come essere dalla parte sbagliata dello specchio del mio assistente. Il mondo circostante era diventato uno spazio caotico e minaccioso che faticavo a riconoscere e che si sfaldava davanti ai miei occhi, minando ogni sicurezza.

«Ha usato mia sorella per ingannarmi», dissi. «Quando è in forma spirituale è molto più bravo a imitare gli esseri umani. Non si può dire lo stesso della forma materiale, ma sta imparando in fretta.»

«Non lanciare un sasso solo per mischiarlo in mezzo alla ghiaia. Vedere Priscilla ti ha devastato, vero?»

Non aveva senso mentire con Lerner. Non lo avevo scelto come assistente solo per la capacità di strapparmi un sorriso anche nelle situazioni più difficili. Era dotato di un ottimo sesto senso. E anche senza parlare con me era arrivato a delle conclusioni non troppo lontane dalla verità.

Annuii. «Non solo per il fatto di averla rivista. Ma per aver abbassato ogni difesa in quel momento. Avevo una falla nel mio sistema di protezione e non sapevo ci fosse. È stato questo a farmi perdere sicurezza.»

Il ghigno di Lerner si allargò. Era seduto anche lui, con i piedi nudi sulla scrivania divorata dai tarli. Era vestito con una canottiera bianca ornata da diverse bruciature di sigaretta. Da quel poco che riuscivo a vedere, i jeans non erano messi meglio. Fuori dalla finestra, nel suo universo, il vento continuava ad accanirsi su ciò che rimaneva di un albero spoglio e rinsecchito.

«Sai cosa credo? Sei stanco, Maestro. Lavori come un pazzo da mesi, forse da anni. Quando non sei in qualche vecchia casa diroccata sei chino su antichi tomi a studiare. E quando dormi te ne vai in giro in forma astrale, continuando con le tue ricerche. Non hai bisogno di una seduta spiritica per capire che dovresti fermarti, staccare la spina e dormire.» Si avvicinò con il viso alla superficie riflettente, mostrando l'occhio buono. *«Hai capito cosa intendo per* dormire, *vero?»*

Sospirai. «Dopo quello che ho visto questa sera non sono sicuro di riuscire a chiudere gli occhi. È stato troppo persino per me.»

«Ah, ma è a questo che serve il tuo assistente. Vuoi che il vecchio Lerner ti canti una ninna nanna? Sono intonato. Mi esibivo in una band, ai miei tempi.»

«Me ne hai parlato un'infinità di volte, ma non sono un grande amante della musica, figuriamoci del liscio.»

«Suonavamo jazz, Kiesel. Una musica adatta al momento che stai passando.»

Una parte di me non avrebbe mai voluto perdere il controllo e cadere in un sonno indotto. Sarebbe stato come ripiombare nel nero che avevo incontrato all'interno della dimora dei coniugi Guidi. D'altro canto, se non avessi recuperato le energie, sarebbe stato impensabile tornare sul caso l'indomani. Ero allo stremo e l'ultimo incantesimo aveva peggiorato le cose.

«Perché non ti distendi? Ti racconto una storia.»

Raccolsi lo specchio e lo portai sul letto. Le gambe mi tremavano ancora. Nonostante avessi ancora bisogno di aria fresca, mi obbligai a serrare le imposte. Non sarei riuscito a sdraiarmi sapendo che sarebbe stato fin troppo semplice raggiungermi attraverso la finestra. Dovevo ritagliarmi almeno l'illusione della sicurezza.

«C'era una volta un cercatore di spiriti», canticchiò il mio assistente, *«che un giorno si ritrovò a essere cacciato...»*

Non erano le parole a essere importanti quanto il cantico appena percettibile che proveniva dalla gola di Lerner. Sorrisi appena prima di chiudere gli occhi, da un momento all'altro. Dormii come non facevo da mesi e mi svegliai alle sette del giorno dopo, riposato e rigenerato. Avevo sognato Priscilla. Mi consolava sapere che, almeno nella dimensione onirica, l'incontro era dovuto solo al mio inconscio.

CAPITOLO
SEI

Dopo essermi rasato ed essermi concesso una doccia mi sentii pronto ad affrontare una nuova giornata. Poco era rimasto dei dubbi che mi avevano assalito la sera precedente. Le dieci ore di sonno mi avevano reso determinato come sempre.

Scesi nella hall e mi diressi verso il tavolo. Il cameriere del giorno prima era già in servizio e mi salutò non appena mi vide. Ricambiai con un cenno del capo e mi preparai delle fette di pane tostato con la marmellata. Ero a metà del succo d'arancia quando mi raggiunse il signor Guidi. Sembrava sempre più stanco.

«Ha dormito bene?» mi chiese, senza neanche un *buongiorno*.

«Sì. Mi piacerebbe dire lo stesso di lei, ma è evidente che non è così. Non si preoccupi, risolveremo il problema molto presto.»

«In realtà ho avuto una discussione piuttosto animata con la mia signora. Voleva convincermi a tutti i costi di mollare tutto, vendere la proprietà anche a un prezzo irrisorio e tornare a casa nostra. Non ne può più. A me sembra assurdo. Soprattutto ora che abbiamo chiamato lei. Ho fiducia nelle sue capacità e sono sicuro che arriveremo a vincere.»

«Quando si è stanchi e spaventati, forse non è meglio addentrarsi in discussioni sterili», replicai, sperando recepisse il messaggio.

Potevo capire la reazione della donna. Dopotutto, quella era una villa di famiglia. Vederla trasformata in un covo d'oscurità doveva essere una tortura. Non era strano che la signora Guidi volesse abbandonare la dimora e dimenticare di esserci mai stata. Non sapeva che il male non l'avrebbe mai abbandonata. A meno che non lo avesse battuto sul suo campo.

«Pensa che avessi voglia di litigare?» ribatté Guidi, secco. Afferrò la sedia e si sedette di scatto, reggendosi la testa con le mani. «No, cazzo. Voglio solo che si risolva questa situazione assurda. Che poi non è neanche *assurda*. È semplicemente la stronzata più incredibile con cui abbia mai avuto a che fare. E se qualcuno me l'avesse raccontata l'avrei solo preso per il culo. Invece ne sono il protagonista. Il protagonista di questa *merda*!»

Lasciai che finisse di sfogarsi, quindi terminai il bicchiere di succo d'arancia. «Forse è il caso che lasci fare a me da adesso in poi», replicai. «Come è comprensibile, siete entrambi sotto stress. Dopo l'incontro con il sindaco vi consiglio di prendervi una vacanza. Andate dove volete, basta che sia lontano da qui. Dovete disintossicarvi. Vi prego solo di lasciare il telefono acceso. Potrei aver bisogno di parlare con voi.»

«Mi scusi per il linguaggio scurrile», disse Guidi. «Non è da me. Ma sono veramente al limite.»

«Non si preoccupi», replicai, facendo un cenno al cameriere. In genere ero abituato agli sproloqui di Lerner e, per quanto non mi piacesse utilizzarle, non mi infastidivano troppo le parolacce. «Come le dicevo, è normale avere i nervi a fiori di pelle.»

Ed era invece normale per me aver ritrovato il sangue freddo, a dispetto di quanto accaduto nel corso della notte.

«Cosa le porto?» domandò il giovane.

«Avete delle brioche al cacao?»

Il sindaco ci incontrò nella piazza principale del paese dove, nonostante fosse mattino presto, già erano radunate diverse famiglie. Bambini si rincorrevano sull'ampio prato ben curato e giocavano ad arrampicarsi sulle sculture in fondo che ben si stagliavano sul belvedere. Al centro c'era una fontana, ai bordi della quale erano seduti degli anziani, forse cullati dal suono costante dell'acqua.

Il primo cittadino di Piancastagnaio era un signore distinto sulla cinquantina. Superava di sicuro il metro e ottanta e aveva un portamento che lo faceva indicava subito come un personaggio fuori dal comune. Nonostante camminasse con la schiena dritta e il petto in fuori, si rivelò un tipo poco formale.

Mi strinse la mano con una presa decisa senza però scivolare nell'aggressività. «Alessio Genova», si presentò.

Il viso abbronzato era ornato da un paio di baffi sale e pepe. I pochi capelli residui erano dello stesso colore. Il naso era storto e immaginai che in gioventù avesse tirato di boxe. La sua attenzione però non era rivolta a me ma soprattutto alla signora Guidi che sembrava aver passato una nottata persino peggiore di quella del coniuge.

Doveva essere stata una discussione più che animata e anche il sindaco se n'era accorto. Forse fu per quello che ci fece cenno di seguirlo. «Qui siamo in una località piccola e posso permettermi di invitare qualcuno a casa di tanto in tanto.

Venite con me. Berremo un caffè in giardino e parleremo tranquillamente.»

Sapevo bene cosa voleva dire quel *tranquillamente*. Le voci riguardanti la dimora dei Guidi dovevano essersi sparse e il primo cittadino non aveva la minima intenzione di esserne coinvolto. Se l'incontro si fosse svolto in privato avrebbe potuto minimizzare i danni, quali che fossero. Se i Guidi non fossero stati personaggi tanto ricchi probabilmente non li avrebbe neanche ricevuti. Non era da biasimare, d'altronde era un uomo in vista e la reputazione era tutto.

«Meglio così», lo assecondai, «potrei aver bisogno dei suoi appunti.»

A quelle parole perse il sorriso. «Non avrò bisogno di controllare granché. Ho già studiato quello che avevo sull'argomento.»

Lo seguimmo in silenzio lungo la via principale fino ad arrivare a una villa gialla, circondata da sbarre altissime e acuminate, appena mascherate da grandi alberi con fiori di tutti i colori. Vista dall'esterno sembrava un'abitazione fiabesca. Non fece in tempo a suonare il citofono che il cancello scattò, permettendoci di entrare. La prima cosa che pensai, vedendo i Guidi farsi strada in quel paradiso terrestre, era quanto fossero fuori luogo. Se intorno a loro c'erano decine di tonalità di colori, i due apparivano grigi e spenti. *Consumati*.

«Aspettatemi un attimo qui», disse il padrone di casa. «Vado ad avvertire la mia signora di preparare il necessario.»

«*... e che è arrivata la combriccola degli svitati*», ridacchiò Lerner nella mia testa. Il mio assistente era stato in silenzio fino a quel momento, di sicuro studiando la scena e le sensazioni provenienti dalle persone intorno a noi.

Mi chiesi che aspetto avrebbe avuto il giardino nel riflesso dello specchio. Quasi sicuramente le fronde in fiore avrebbero lasciato spazio a rami contorti e rinsecchiti. In quel caso marito e moglie non avrebbero sfigurato affatto. Quel pensiero mi fece fare il collegamento: i Guidi sembravano persone passate attraverso lo specchio di Lerner.

«Perché non lasciate parlare me con il sindaco?» proposi mentre eravamo a metà del vialetto. «Vi avevo detto di prendervi un giorno di vacanza, no?»

«Subito dopo questa conversazione faremo ciò che ci ha detto», replicò il signor Guidi. La voce era tesa quasi quanto la pelle del viso. «Ma vogliamo sentire quello che il sindaco ha da dire. È la nostra casa. Abbiamo il diritto di sapere.»

«Il fatto che ne abbiate il diritto non vuol dire che dovreste», ribattei, tornando a guardare Genova che tornava verso di noi.

«Seguitemi», disse, facendoci strada verso una tettoia realizzata con delle piante rampicanti.

Ci sedemmo, con il primo cittadino a capotavola. Aveva di nuovo perso il sorriso e ora era serissimo. «Non c'è bisogno che vi spieghi molto. Questa faccenda non mi piace. Stanno circolando voci preoccupanti. Alcuni giovani stanno organizzando viaggi notturni per andare a visitare la *casa stregata*. Secondo i più anziani è tutto cominciato per colpa vostra. Non sono un credulone, ma non so cosa pensare. So solo che questa faccenda potrebbe esplodermi tra le mani. Forse è il caso che siate voi a parlare prima di me. Cosa sta succedendo?»

Guidi stava per rispondere, ma lo anticipai. «Di questo me ne sto occupando personalmente. Non ha bisogno di credere a niente finché non saprò cosa sta accadendo davvero. Mi preoccuperei solo di tenere lontani i ragazzi da quel posto. Potrebbe essere molto pericoloso.»

«*Potrebbe*?» ripeté il sindaco.

Fummo interrotti dalla consorte di Genova, una donna bionda e ben vestita che portò sul tavolo un vassoio con caffè, tazzine, una caraffa di limonata e un'altra di latte.

«Scusate se non mi intrattengo con voi», disse, «ma ho delle faccende da sbrigare in casa.»

Ci salutò con un cenno del capo e tornò dentro. Se il marito aveva almeno finto cordialità, lei non aveva mostrato la minima intenzione di rimanere con noi. Non potevo biasimarla: gli argomenti trattati erano scabrosi e potenzialmente dannosi per persone in vista come loro.

«*È* pericoloso», mi corressi. «Nessuno dovrebbe avvicinarsi a quel posto. Più informazioni ho in mio possesso e prima risolverò il problema. Perciò forse le conviene condividere ciò che sa.»

«E cosa vuole che sappia?» sbottò lui, perdendo in un solo istante tutto il self control mostrato fino a quel momento. «Non c'è niente da sapere su quella villa. Niente di strano, almeno. Se siete venuti qui per scoprire di qualche antico rituale celebrato all'inizio del Novecento siete fuori strada. Non c'è nulla di registrato. Ho anche parlato con qualche vecchio del posto – e quando dico vecchio intendo signori di più di novant'anni che non sono mai usciti da questo paese – e nessuno ha saputo darmi informazioni precise. Neanche un indizio o una leggenda metropolitana. Potrei parlarvi di vita, morte e miracoli dei rispettivi proprietari ma non ne cavereste un ragno dal buco. Ho già controllato.»

«Potrei studiare le sue fonti», proposi. «Potrei notare particolari che per lei non sono importanti.»

«Faccia quello che vuole», rispose lui. Si alzò in piedi e riempì le tazze di caffè. La mano però gli tremava e versò un po' della bevanda bollente sul vassoio. «Se non fosse assurdo pensarlo, direi che siete stati voi a portare qualcosa di malvagio lì dentro. E non so se mi sento più stupido a dire questo o ad aver sprecato quattro ore del mio tempo a studiare carte alla ricerca di... non lo so neanch'io. Tracce di spettri? Di sedute spiritiche finite male?» Rise, a disagio. «È ridicolo.»

«Mi faccia leggere i suoi appunti, se ne ha», ribadii. Non avevo la minima intenzione di condividere con lui i miei pensieri. Era già abbastanza nervoso così e potevo aver bisogno della sua autorità nelle prossime ore. Sarebbero state decisive e non potevo permettermi ingerenze da parte di gruppi di ragazzini scalmanati.

«Va bene, signor Kiesel», rispose lui, tornando ad alzarsi in piedi. «Anche se come le ho già detto mi sembra una perdita di tempo. Non c'è niente lì dentro.»

«Sì ma è un *niente* molto insidioso», risposi. «Mi lasci svolgere il mio lavoro e pensi a fare il suo.»

«E quale sarebbe di preciso il suo *lavoro*?»

«*Ci risiamo*», commentò Lerner con una risatina. «*Ora comincerà a darti dell'impostore. Mi sembrava strano che fino a questo momento nessuno lo avesse ancora fatto. Quale tecnica hai intenzione di usare per zittirlo? Vogliamo dargli una prova delle nostre capacità?*»

Ignorai la provocazione del mio assistente. «Il mio compito è quello di fare in modo che la sua comunità continui a vivere tranquillamente. Il suo quello di lasciarmi svolgere le mie mansioni senza interruzioni. Se lei falsa questo rapporto le cose si faranno molto difficili. La minaccia è reale. Ma se non mi crede è libero di venire con me questa mattina. Di sicuro si farà un'idea molto più chiara della situazione. Che ne dice?»

Terminata l'arringa riempii un bicchiere di limonata, aspettando una reazione. I coniugi Guidi mi fissavano, apparentemente incapaci di proferire parola. Era come se fossero consapevoli di essere fuori luogo in quell'ambiente colorato e pieno di vita.

«Le vado a prendere gli appunti», borbottò Genova, scuotendo il capo. La paura di venire con me e rischiare di scoprire davvero l'esistenza del sovrannaturale aveva vinto sulla tentazione di continuare a darmi dell'impostore.

«Ah, ma che bravo, Maestro. Hai fatto leva sulla cara vecchia paura. Funziona sempre. A proposito, come ti senti? Pronto a tornare nelle fauci del buio?»

Mi sentii scosso da un brivido. Presto quella parentesi rilassante sarebbe terminata e sarei stato costretto a tornare nella casa dei Guidi. Non più solo per studiare il fenomeno ma per estinguerlo. Non avrei corso il rischio di arrivare di nuovo fino all'imbrunire. La presenza mi aveva già dimostrato di essere più forte quando calavano le tenebre.

Quando il primo cittadino tornò da noi ero già arrivato a metà della limonata. Mi porse un taccuino, dicendo: «Tutto quello che ho trovato è lì, nelle prime pagine. Spero le serva a qualcosa. Ho anche le carte originali in casa, ovviamente, ma come saprà sono un collezionista. Preferirei evitare che qualcun altro maneggi quel materiale.»

Voltai qualche foglio. La grafia era curata e delicata, di un ordine maniacale. Mi augurai soltanto che non avesse tralasciato dettagli. In caso contrario sarei tornato a suonare alla sua porta.

«So che lei vuole uscire il prima possibile da questa situazione di crisi», risposi. Lo vidi annuire in modo appena percettibile. «E per ottenere questo risultato dovrà aiutarmi. Non voglio intromissioni nella proprietà per tutta la giornata di oggi. Spero di avere ragione del problema ma, se non fosse così, dovrà assicurarsi che nessuno si avvicini alla tenuta.»

Si sedette di nuovo. «Posso organizzare un sistema di ronde. Ho anche delle motivazioni per farlo, grazie a Dio. Che altro le serve?»

«Quando dico *nessuno*», proseguii, indicando i Guidi, «intendo anche i proprietari di casa. Neanche io mi azzarderei a tornare lì senza l'aiuto della luce del sole. Chiaro?»

Il sindaco lanciò un'occhiata dubbiosa a marito e moglie ma rispose: «Chiaro. Tutto qui?»

«No. Potrei aver bisogno di una squadra di soccorso. Tenga sempre il telefono a portata di mano. Chiamerò lei, qualora dovessi trovarmi in difficoltà. Avremo bisogno di velocità e discrezione.»

La voce del mio assistente tornò a farsi sentire con una risata roca e fuori posto. *«Ci affidiamo a soccorsi umani? Cosa sta succedendo, Maestro? Da te non mi aspettavo una decisione del genere.»*

Più tardi avrei avuto tutto il tempo per mettere Lerner al suo posto.

Genova mi passò un bigliettino da visita. «Questo è il mio numero privato. Mi tenga aggiornato, per favore. E ora, se non vi dispiace, vi pregherei di andare. La giornata ha già assunto delle tinte poco gradevoli.»

Non mi sorprendeva. Da quel poco che avevo compreso di lui, era un tipo rigoroso, ordinato e amante degli spazi aperti e luminosi. Invitare degli sconosciuti per parlare di questioni oscure doveva aver portato abbastanza caos nella sua esistenza. Immaginavo solo quanta voglia avesse di sbatterci fuori e dimenticarsi della nostra presenza.

Afferrai il bigliettino e mi alzai in piedi. La colazione e il discorso erano terminati. Il padrone di casa ci scortò fuori e mi lanciò un'occhiata molto significativa prima di stringermi la mano. Qualcosa che poteva voler dire: *Non far ricadere su di me questa valanga di escrementi.*

Non c'era bisogno di dirgli nulla. Se tutto fosse andato bene, glielo avrei dimostrato con i fatti.

***

«Ora che facciamo?» domandò il signor Guidi, una volta in strada.

«Ve l'ho detto», risposi. Se prima avevo espresso il concetto in modo gentile, ora era il caso di rincarare la dose con più decisione. «Prendete l'auto e andatevene via da qui. Questo non è più un problema che vi riguarda e io non posso essere anche preoccupato per la vostra incolumità.»

«E come raggiungerà la casa?» domandò la donna.

«Come ho già detto, non sono più questioni a cui dovete pensare. Non voglio vedervi prima di stasera. Avete bisogno di uscire da questo circolo vizioso e dovete farlo prima che questa situazione vi consumi.»

Ebbi la netta impressione che la signora Guidi volesse aggiungere qualcosa, ma il marito fu più veloce e la zittì stringendole il braccio prima di replicare: «Ha ragione. E poi è lei lo specialista. La prego però di tenerci al corrente dei risultati. Va bene?»

«Certo. Il cliente prima e il sindaco dopo.»

«Lei cosa farà adesso?» domandò la donna, con un filo di voce.

«Ho intenzione di recarmi in un posto tranquillo e studiare gli appunti. Poi tornerò in albergo, prenderò la mia attrezzatura e porrò fine a questa infestazione. Fine della storia.»

Di nuovo ebbi l'impressione che volesse dirmi qualcosa. Ancora una volta però tenne le parole per sé. Avrei approfondito l'argomento al mio ritorno, se fosse stato necessario. Per una giornata sola avevo già parlato con troppi vivi. Ora avevo bisogno di poter analizzare i dati in mio possesso per poi passare all'azione. Una parte di me era terrorizzata, ma l'altra non bramava altro.

Avevo trovato un parco isolato a pochi passi dalla strada principale, una sorta di luogo di confine tra il bosco vero e proprio e il centro abitato. C'erano diverse panchine con tavoli di legno, in quel momento tutti sgombri. Ne occupai uno per studiare meglio gli appunti. Sapevo che se mi fossi tolto i guanti e avessi sfiorato quella superficie sarei stato invaso da ricordi di picnic, giochi sul prato e risate. Quasi sicuramente mi sarebbe sembrato di assaporare il cibo e avrei percepito l'aroma della birra. Avrei anche sperimentato l'illusione delle sensazioni positive legate a quei momenti, trovandomi poi di nuovo solo e amareggiato una volta che il fenomeno fosse cessato.

Il mio dono mi avrebbe fatto comodo di sicuro più avanti e per questioni meno piacevoli. Se fossi riuscito a tornare in possesso della mia pistola, avrei avuto tra le mani un oggetto che era stato a stretto contatto con il mio avversario. E avrei avuto tutte le informazioni di cui avevo bisogno. Certo, c'erano dei rischi. Essendo una forma di infestazione di origine infernale, avrebbe potuto avere delle conseguenze nefaste sul mio spirito. Be', avrei fatto del mio meglio per proteggermi. Non avrei mai permesso a quell'abominio di restare nel nostro piano.

«*Mi piace qui*», disse Lerner. «*Sembra un piccolo angolo di paradiso. E c'è molto di cui nutrirsi.*» Mi affacciai sulla superficie dello specchio e lo vidi annusare l'aria tra alberi morti da secoli e terra bruciata. «*Qualcuno deve aver utilizzato questo posto come cimitero per animali uccisi lungo la strada. Sono ancora qui. Non ti dispiace se mentre perdi tempo mi nutro un po'? Potrei averne bisogno più avanti.*»

Non ero mai stato favorevole all'assorbimento di spiriti non umani ma la natura di Lerner era sempre stata bestiale. E faceva parte del nostro accordo. Per quanto potessi non essere d'accordo, non mi sarei mai azzardato a rimangiarmi la parola. «Va bene, ma non creare scompiglio. Gli abitanti del luogo sono già abbastanza nervosi.»

«... disse il tipo losco nascosto tra gli alberi con degli strani appunti. Ci vediamo tra poco, Kiesel. Non stressarti troppo.»

Lo specchio non rifletté niente per qualche istante, poi tornò a mostrare lo spazio circostante, privo dell'effetto nefasto causato dalla presenza di Lerner. Abbandonai l'oggetto incantato e tornai agli appunti.

Il sindaco non aveva aggiunto nessuna considerazione personale, almeno stando a ciò che trovai nelle prime pagine. Era solo una lunghissima lista delle persone che erano entrate in contatto con la casa. Una volta citato un nominativo, si apriva una parentesi in cui si spiegava chi fosse, quale fosse la sua occupazione e qualunque altro segno particolare.

La frustrazione cresceva con lo scorrere delle righe. Stavo cercando qualcuno che potesse avere dei rapporti con i poteri occulti che avevo incontrato, ma non c'era nulla. L'individuo più inquietante lo incontrai quando ero già arrivato a giugno del 1984. Un certo Nicola Salesani aveva passato la notte nella casa in un periodo in cui era rimasta inoccupata. Magari il nonno della signora Guidi in quel periodo era in vacanza o semplicemente altrove. Rimaneva il fatto che Salesani aveva rubato degli oggetti, li aveva rivenduti per una doppia dose di eroina ed era tornato nella villa per iniettarsela. Lì era morto. Se non avessi già avuto modo di ispezionare la proprietà dei Guidi avrei potuto pensare a un evento scatenante del genere. Eppure c'era poco da girarci intorno: quello che avevo incontrato non era lo spirito di un tossicodipendente che si era smarrito.

La cosa cominciava a diventare frustrante. Quel decesso era da escludere. E, nella remota eventualità che qualcuno degli operai che aveva lavorato alle varie ristrutturazioni dell'abitazione era stato un praticante delle arti oscure, non avrei potuto saperlo. Era come cercare un ago in un pagliaio.

Dopo un'ora ero arrivato al punto in cui la signora Guidi

aveva ereditato la proprietà della villa. Il documento si concludeva con un punto interrogativo. Se voleva essere un modo simpatico del sindaco per mettere il punto a una ricerca infruttuosa, non era divertente. Non mi rimaneva altro da fare che scoprire se avesse omesso qualcosa. E c'era un solo modo per farlo. Mi sfilai il guanto dalla mano destra, stando ben attento a non toccare nulla. Quindi appoggiai il palmo sul foglio dell'ultima pagina scritta, quello con il punto di domanda.

Un attimo dopo ero da un'altra parte, seduto di fronte a una ricca scrivania intarsiata. Reggevo tra le dita una penna d'argento, ma la lasciai andare subito. Ignorai la camera che mi circondava e cercai di scavare più a fondo nelle sensazioni del corpo in cui mi trovavo.

Ero stanco, stressato e non volevo trovarmi in quella situazione. Non credevo neanche a una parola delle voci che mi erano arrivate ma dovevo intervenire lo stesso. E speravo che quel documento servisse a qualcosa, pur avendo la sensazione che non fosse così. Mia moglie mi aveva già consigliato di radere al suolo la costruzione e di farla benedire da un sacerdote vero, non l'ubriacone che risiedeva nella chiesa del paese. A me l'idea non dispiaceva, ma i Guidi erano ossi duri e sarebbe stato difficile convincerli. D'altro canto, se il *problema* fosse andato avanti abbastanza a lungo, sarebbero stati loro stessi a proporre qualcosa del genere. Il punto era che nel frattempo sarebbe stato arduo tenere i cittadini lontano da quella che stava diventando una vera e propria attrattiva locale.

In qualità di sindaco avevo sempre cercato di essere previdente e di stare un passo avanti e non mi piaceva affatto la situazione statica nella quale versavo. Tutto dipendeva da un folle cacciatore di spettri e la cosa mi piaceva ancora meno.

Speravo soltanto che riuscisse a svolgere il suo lavoro. In quel caso lo avrei pagato profumatamente per negare ogni coinvolgimento da parte di fenomeni paranormali. Piancastagnaio era sempre stata una località tranquilla e doveva restare tale. Quella settimana di stranezza poteva essere nascosta molto bene se tutto fosse filato liscio. Peccato solo che non avessi la minima idea di come fare. Per la prima volta da quando ero il primo cittadino non avevo nulla sotto controllo. Raccolsi di nuovo la penna e segnai un punto interrogativo a metà della pagina.

Come sarebbe andata a finire?

***

Tornai in me e lasciai andare la pagina sulla quale mi ero appoggiato. Rimisi il guanto, sforzandomi di respirare normalmente. Come ogni volta in cui utilizzavo il dono, anche per pochi momenti come in quel caso, il battito cardiaco accelerava, come se il cuore volesse scoppiarmi nel petto. Lasciai che gli alberi circostanti lenissero quella sensazione e chiusi gli occhi. Ero fortunato che Lerner fosse altrove o avrebbe approfittato del mio disorientamento per prendersi gioco di me.

Tornai a fare il punto della situazione. Per quanto limitato, dovevo ammettere che Genova non mi aveva nascosto nulla. Desiderava soltanto mettere un punto a quella storia e dimenticarsene. Anzi, aveva cercato di essere più accurato possibile nella ricerca in modo da facilitarmi il compito. Purtroppo per lui non ne era stato in grado. La teoria secondo la quale fossero i Guidi ad aver portato quella presenza lì dentro si faceva sempre più accreditata.

Questa volta sarei entrato nella villa armato di tutto punto e pronto a scatenare il mio potenziale bellico. Se il giorno precedente mi ero avventurato nella proprietà indossando il cerchio d'ebano, questa volta avrei fatto ricorso all'amuleto dello scarabeo. Era un cimelio dell'antica Grecia. Secondo la leggenda, un nobile ateniese, Haralambos, aveva trovato questo monile durante un viaggio a Creta. Era sepolto nella sabbia e sembrava di origine egizia. Naturalmente lo aveva preso ma non era riuscito mai a venderlo. Non era neanche mai riuscito a separarsene e aveva iniziato a nutrirlo con piccole gocce del suo sangue. Era quello il prezzo da pagare perché lo scarabeo esaltasse le sue innate doti commerciali. Alla morte di Haralambos lo scarabeo scomparve ma, secondo alcune fonti, lo stesso Cicerone lo vide al collo di un legato con il quale era stato costretto a trattare. Secondo il celebre oratore romano, era stato molto difficile mantenere la concentrazione durante le trattative in quanto si era trovato in uno stato di soggezione nei confronti del possessore del gioiello. Cicerone era convinto che tale effetto fosse causato dal medaglione poiché non riusciva a staccare gli occhi da quel monile, se non per brevi periodi di tempo. Durante le invasioni barbariche pare che un cittadino fosse stato capace di ottenere la salvaguardia della sua proprietà mostrando il monile ai leader dei Goti. In un universo di distruzione e caos, l'amuleto dello scarabeo era stato capace di creare un'oasi di pace e prosperità. Le informazioni in mio possesso purtroppo sono solo frammentarie durante il Medioevo, anche se spesso mi ripropongo di svolgere altre ricerche al riguardo. So soltanto che qualcuno a bordo della Santa Maria indossava lo stesso medaglione e solo dopo averlo inondato di sangue le tre navi guidate da Cristoforo Colombo riuscirono a raggiungere le coste dell'America. Il marinaio, uno spagnolo di nome Hector, morì pochi giorni dopo l'approdo, a causa di una malattia sconosciuta. Fu il primo episodio certificato degli effetti nefasti dello scarabeo: garantiva una certa efficacia ma finiva per succhiare la vita del possessore. Per questo ero così restio a utilizzarlo.

Mi era stato consigliato anche dal vecchio antiquario svizzero che me lo aveva consegnato. «Posseggo questo ninnolo da trent'anni», mi aveva detto Noah Pascal, «e non ho mai avuto il coraggio di indossarlo. Forse perché avevo già quello che desideravo ma anche perché mi mette timore. Di sicuro a te servirà ma bada bene: potrebbe metterti in guai più seri rispetto a quelli da cui ti salva.»

Avevo fatto parecchia strada per ottenerlo – e mi era costato anche molto – ma pensavo che fosse quello il momento adatto per usarlo. Lo avevo messo intorno al collo in una sola occasione e gli spiriti contenuti nello scarabeo avevano urlato così forte da stordirmi. Questa volta avrei indossato uno schermo protettivo prima di rischiare. Ero troppo sensibile a certi fenomeni per prenderli alla leggera. I bracciali di Mercurio avrebbero fatto al caso mio. Non c'erano anime intrappolate all'interno, eppure i metalli con i quali erano stati forgiati i bracciali fornivano una protezione naturale contro gli interventi spiritici. Per Lerner sarebbe stato molto più difficile comunicare telepaticamente con me, ma era una precauzione necessaria.

Non avevo più la pistola, ma nella valigia avevo una lama d'argento e oro, benedetta con acqua pura e sangue di santo. Avrebbe sortito effetto anche con un demone dei Nove Cerchi.

«Hai finito di fare l'inventario?» domandò la voce del mio assistente. *«Possiamo andare?»*

Riaprii gli occhi, sentendomi ora molto più calmo e pronto all'azione. Lerner occupava quasi tutta la superficie dello specchio. Doveva aver consumato un pasto particolarmente lauto perché anche il bosco al di là del vetro sembrava meno brullo e degradato del solito. Come se adesso ci fosse almeno una piccola particella di vita in quel mondo deforme dominato da morte e sofferenza.

«Credo che sarò costretto a usare il dono per scoprire il punto debole dell'avversario.»

«Ottima idea. Sai, ci ho pensato bene, Maestro. Se hai deciso di farla finita in questo modo ci sarò dentro anch'io. In ogni caso mi sono stancato di questa non vita a metà. Tanto vale chiudere tutto.»

«Non sei serio, vero?»

«No», rispose Lerner, allargando il sorriso in un ghigno che gli fece spaccare le labbra. Rivoli di sangue gli colarono sul mento e sul petto nudo ricoperto da cicatrici e lacerazioni.

«Sei disgustoso.»

«Sempre meglio dell'amico che stiamo per andare a trovare. Ricordi che ha la tua rivoltella, vero?»

«In caso contrario sono sicuro che me lo ricorderebbe lui.»

Il mio assistente ridacchiò, e un filo di bava rossastra – probabilmente una rappresentazione visiva di ciò che rimaneva del suo pranzo – gli colò da un angolo delle labbra. *«Molto divertente. Quando cominci a fare lo spiritoso vuol dire che sei davvero preoccupato. Allora, vogliamo tagliare la testa al toro?»*

Raccolsi le note del sindaco e me le misi sottobraccio, quindi presi lo specchio e tornai sulla strada principale. Le gambe ancora mi tremavano per l'esperienza di poco prima. Mi consolava sapere che quello era solo l'inizio della giornata e che presto sarei entrato nel vivo della sfida. Nel giro di un'ora avrei varcato i cancelli dell'oscurità senza avere la certezza di tornare indietro.

CAPITOLO

SETTE

Arrivai in albergo e mi diressi con passo deciso verso la mia stanza. Trovai il cameriere con cui avevo scambiato qualche parola la sera precedente. Sembrava essere casualmente sul mio piano ma, quando mi vide, alzò il capo di scatto e, dopo essersi guardato intorno per convincersi che non ci fosse nessuno, si avviò nella mia direzione.

«Posso parlarle un attimo, signore?»

«In realtà sono occupato», replicai. «Se non è una questione della massima urgenza preferirei rimandare questa conversazione a un secondo momento.»

«Potrebbe esserlo. Le ruberò solo alcuni minuti.»

Aveva un'espressione preoccupata, così distesi la postura. «Va bene, dimmi.»

«So quello che fa, signore. Ho sentito qualche discorso e fatto qualche ricerca. So qual è il problema che sta affliggendo i Guidi e ovviamente so anche che lei è in procinto di fare qualcosa. Ecco, lasci che l'accompagni. Vorrei imparare.»

Non era la prima volta che mi veniva fatta una richiesta simile e un sorriso mi sbocciò spontaneo sul volto. «Non è un mestiere che si tramanda con poche ore di praticantato, ragazzo. E, anche se fosse così, non è di certo questo il caso giusto per iniziare. Non ci sono né avventure né gloria. Spesso si tratta di introdursi in luoghi bui e pieni di polvere, sentendo le grida di dolore dei defunti. Non è qualcosa per cui valga la pena rovinarsi l'esistenza.»

Stavo per proseguire quando lo vidi scuotere il capo. «Non è un capriccio», disse il giovane. «Ma un problema reale. Vorrei imparare per aiutare una mia amica. Credo ci sia qualcosa nella cantina di casa sua. Lei ha paura di andarci e mi piacerebbe fare qualcosa per lei.»

Non c'era bisogno della telepatia per sapere che c'era qualcosa in più dell'amicizia in ballo. «Immagino tu abbia molti soldi da parte per pagare la mia parcella.»

«No, ma ho qualcosa di molto antico che potrebbe interessarla. Ho letto su internet che lei è appassionato di oggetti molto vecchi. Be', io ho un'accetta che potrebbe fare al caso suo. È stata trovata nei sotterranei della rocca di Piancastagnaio dal mio bisnonno. Mi è stato sempre detto che ha un certo valore. Se mi insegna e mi aiuta, è sua.»

«Stallo a sentire, Maestro.» La voce di Lerner era scivolata nella mia mente con la sinuosità di un serpente in una palude. *«Il ragazzo potrebbe davvero avere un oggetto. Ho sentito qualcosa quando ne ha parlato. E di sicuro hai provato lo stesso anche tu. Potrebbe essere un guadagno facile. Anzi, che ne dici di abbandonare momentaneamente il nostro caso e risolvere la questione cantina?»*

Il discorso del mio assistente era privo di senso, ma anch'io avevo avvertito una strana sensazione quando il giovane aveva fatto cenno all'ascia, come un formicolio dietro la nuca. Tuttavia non potevo abbandonare la strada principale. Doveva essere una di quelle occasioni in cui il destino tentava la mia determinazione e non mi sarei lasciato distrarre.

«In questo momento non posso», risposi dopo qualche istante di silenzio. «Il lavoro di cui mi sto occupando è molto delicato e richiede tutto il mio impegno. Non potrei portare qualcuno con me, sapendo i rischi. Lasciami risolvere il caso, dopo ti aiuterò. Hai la mia parola.»

«Vuole prima vedere l'accetta? Non vorrei pensasse che il mio scopo era di fregarla.»

«No, prendila per una scommessa. Nel peggiore dei casi avrò lavorato per qualcosa di poco valore. Ora però dovrai aspettare il mio ritorno.»

«Certo, signore. Scusi il disturbo.»

Il ragazzo si stava allontanando ma lo fermai con un cenno del capo. «Non devo ricordarti che non devi assolutamente seguirmi, vero?»

«Non lo farò, signore, anche se ammetto che la volontà c'era.»

«Ecco, non farlo», ribadii. «Come ti chiami?»

«Pierfrancesco.»

«Sarò io a cercarti una volta risolto questo caso. Va bene?»

«Va bene, signore», concluse, allontanandosi.

«Stai diventando sentimentale, Kiesel. Sai che potresti non essere in grado di mantenere la promessa, vero?»

La domanda di Lerner non aveva bisogno di una risposta. Il mio assistente aveva ragione.

Avevo già estratto dalla valigia l'occorrente e lo avevo posto sulla scrivania, in ordine maniacale. Avevo appoggiato la cornice di Lerner sulla parete e il mio assistente stava osservando l'arsenale scelto per la missione. Era difficile a dirsi con tutte le ferite che gli deturpavano il volto, ma sembrava preoccupato.

«Se non te la senti puoi restare qui», gli dissi. «E sto parlando sul serio.»

«No, ci sono dentro fino al collo. E poi senza di me non riusciresti a trovare la porta d'ingresso. Sbrigati a vestirti, quest'attesa mi sta uccidendo.»

Il suo tentativo di fare ironia cadde nel vuoto, e infatti non rise neanche lui. Presi i bracciali di Mercurio e li indossai. Mi sentii attraversare da un brivido mentre lo schermo dei metalli cominciava a funzionare. Quindi agguantai il pugnale e lo assicurai con la custodia di cuoio sotto la giacca. Avevo fatto fabbricare quella specie di fondina a mano ed era comoda. Era impossibile notare che fossi armato.

Infine poggiai gli occhi sull'amuleto dorato a forma di scarabeo. Lo avevo portato con me perché avevo avvertito a livello inconscio la possibilità di poterlo usare? Normalmente riposava all'interno di una teca nella più protetta delle mie camere. Cosa mi aveva spinto a riporlo nella valigia?

Brillava alla luce della lampada come se ne volesse assimilare il bagliore. Al centro, una pietra verde sembrava invece racchiudere tutta l'oscurità del cosmo. Molte volte avevo pensato di sfiorare quel gioiello a mani nude, ma non avevo mai trovato il coraggio necessario. La storia dell'oggetto era così antica che tutta quella conoscenza avrebbe potuto fare a brandelli la mia mente. In ogni caso non era il momento di pensarci.

«Sei proprio sicuro di voler venire con me?» domandai ancora a Lerner. «Probabilmente non mi sarai di nessuna utilità.»

«Non dire sciocchezze, Kiesel. Vado dove vai tu. E poi pensa a come mi sentirei se tu non dovessi tornare. Intrappolato in questo specchio, senza nessuno con cui interagire. Potrei diventare... pericoloso?»

La voce del mio assistente era appena percepibile, segno

che i bracciali di Mercurio stavano funzionando a dovere. Se avessi avuto bisogno di chiudere ogni comunicazione con il mondo degli spiriti sarebbe stato sufficiente concentrarmi. Certo, fatta eccezione per le anime contenute nello scarabeo dorato. Era davvero arrivato il momento di testare il loro potere.

Afferrai la collana e me la misi intorno al collo.

Fu come mettersi un paio di occhiali dopo aver passato una vita intera a guardare il mondo con una vista miope. I contorni degli oggetti mi sembrarono subito più nitidi e la luce più accesa. Alzai le dita fino a portarle a pochi centimetri dal naso. Faticavo a riconoscerle come le mie. Nello stesso tempo un ululare confuso mi echeggiava nella mente, trasportando parole e grida di epoche passate. C'era una volontà in quelle voci e quasi mi sembrava di sentire gli spiriti percorrere i corridoi dei miei ricordi, setacciando per carpire informazioni e scoprire con chi avessero a che fare. Pochi istanti dopo era come avere un martello pneumatico nella scatola cranica e dovetti appoggiarmi alla spalliera della sedia per mantenere l'equilibrio.

Lerner stava osservando la scena dall'interno dello specchio. Mi sembrava che stesse aprendo la bocca ma era come se fosse in un acquario. Di quello che diceva non mi arrivava assolutamente nulla.

Ora capivo il potere di quell'oggetto. Se non avessi indossato i bracciali di Mercurio non sarei mai stato in grado di sopportare quella scarica spirituale. E anche così stavo facendo fatica. Il mio corpo, avvezzo a un tipo di pressione di quel tipo, era senza alcuna difesa contro le anime intrappolate nel monile. Mi trovai in ginocchio senza neanche rendermene conto, i colori della stanza d'albergo così accesi da costringermi a socchiudere gli occhi. Quindi realizzai che non erano solo più brillanti: erano dorati. Stavo osservando il mondo attraverso il gioiello che portavo al collo.

Mi portai le mani al petto. L'istinto mi diceva di strapparmi via quell'oggetto infernale. Dovetti fare appello a tutta la mia determinazione per resistere a quella tentazione. Senza di esso non avrei mosso due passi all'interno della casa infestata. Sentii qualcosa di caldo scivolarmi sulle labbra e realizzai che mi stava sgorgando sangue dal naso. Spostai una mano sul viso, sperando di fermare l'emorragia. Il martellare continuo nella mente non accennava a fermarsi, come se un intero esercito avesse deciso di invadermi le meningi. Non opposi resistenza, consapevole che non avrebbe avuto senso tentare di contrastare gli spiriti. Erano più antichi di me. Non avrei avuto alcuna chance.

Mi sforzai di rilassarmi, di fissare il soffitto e di respirare con la bocca. Il naso era ancora ostruito. Fu la chiave di volta dell'operazione. Dopo qualche attimo di panico, le anime prigioniere dello scarabeo si calmarono. Le sentivo ancora presenti dentro di me, ma avevano smesso di demolire le barriere della mia mente.

Passai una mano tremante sul viso e scoprii che era imbrattato di sangue. Ciononostante mi sentivo forte e meglio di quanto fossi mai stato. Aspettai solo qualche secondo prima di tornare in posizione eretta. Il mondo aveva ancora delle strane sfumature dorate ma era tornato quello di sempre. Ero io a essere cambiato.

Mi tornarono alla mente le parole della Bibbia: *Il mio nome è Legione perché siamo molti.*

Per questo mi sentivo potente. Non ero più solo a sfidare l'oscurità. Andai in bagno e mi sciacquai il volto più volte per togliere ogni residuo di rosso. Quindi mi specchiai. Anche i miei occhi avevano assunto una tonalità scintillante. Eppure era difficile stabilire se fosse dovuto al mio nuovo modo di vedere o se davvero fosse cambiato qualcosa nella mia apparenza. Tanto per non destare troppi sospetti indossai un paio di occhiali da sole che tenevo nella valigetta. Le lenti scure faticavano a contenere il fenomeno che aveva modificato il mio modo di vedere.

Tornai dal mio assistente e lo trovai seduto alla scrivania nel riflesso. Teneva la testa tra le mani, come se anche lui stesse soffrendo di una tremenda emicrania. Quando mi sentì avvicinare, alzò il capo e mi lanciò un'occhiata disperata. *«C'era davvero bisogno di coinvolgere i pezzi grossi? Mi divoreranno.»*

La sua voce era appena udibile e metallica. Anche in questo caso ebbi la sensazione che i miei sensi passassero attraverso lo scarabeo d'oro.

A quanto pareva era come aver riportato i dinosauri nel mondo odierno. Se una tigre aveva sempre vissuto come il punto più alto della catena alimentare, ora si trovava improvvisamente a metà della piramide. Era quello che stava accadendo a Lerner. Il suo vantaggio era rappresentato dal fatto che i dinosauri in questione fossero legati a me.

«Sicuro di voler ancora venire?» domandai.

«Continui a chiedermelo perché stai cercando di perdere tempo? È tardi per le chiacchiere, Maestro. C'è una festa che ci aspetta.»

Aveva ragione. Da un lato ero spaventato, ma dall'altro mi sentivo fin troppo pronto ad affrontare qualunque minaccia. Sapevo anche che avrei dovuto fare in fretta, prima che il gioiello prendesse totalmente il controllo. Ne conoscevo la storia e non avevo la minima intenzione di venirne sopraffatto.

Raccolsi la valigetta e uscii dalla stanza. Mi sembrava di fluttuare sul tappeto del corridoio per quanto mi sentivo leggero. Per fortuna non incrociai nessuno fino a quando non raggiunsi la hall: le persone avrebbero di certo notato qualcosa di strano in me. Non mi piaceva dare nell'occhio. Forse il mio mondo reale era quello degli spettri, almeno così sosteneva Lerner quando mi osservava muovermi in società.

Raggiunsi l'uscita e mi misi in strada. Fino a quel momento non mi ero posto il problema di come sarei arrivato alla villa. Non avevo una vettura e non sapevo che mezzi pubblici prendere, posto che ce ne fossero, in una località tanto piccola.

Era il momento adatto per testare la volontà del medaglione che indossavo ormai da quasi mezz'ora.

Mi misi al lato del marciapiede e alzai il pollice. Il primo veicolo mi ignorò, ma il secondo automobilista accostò subito e abbassò il finestrino dalla parte del passeggero.

Guardai dentro e scoprii un uomo di mezza età in evidente stato di sovrappeso con una barba lunga a compensare la perdita di capelli. Stava sorridendo.

«Le si è fermata la macchina in mezzo ai monti?» mi domandò.

Annuii. «Qualcosa del genere. Ho bisogno di un passaggio. Lei in che direzione va?»

«Prato della Contessa», ribatté prontamente lui. «Che bello quel ciondolo, dove lo ha preso?»

Strano, ero convinto di averlo nascosto sotto la giacca, eppure lo scarabeo era riuscito a venire allo scoperto, proprio nel momento in cui mi serviva un aiuto.

Spalancai lo sportello e mi accomodai. «Glielo spiego strada facendo. È una storia molto interessante.»

«È sicuro di voler scendere qui?» mi domandò l'automobilista, una volta arrivato davanti alla villa. «Non mi sembra il posto più adatto per qualcuno che va in giro con oggetti di valore.»

Per tutto il tragitto non aveva fatto altro che parlare. E mentre continuava il monologo aveva fissato il monile. Era così ipnotizzato dagli spiriti che probabilmente si sarebbe tuffato in un oceano di fuoco se glielo avessi chiesto.

«Questa è la mia destinazione», dichiarai. «Grazie per il passaggio, è stato molto gentile.»

«Si figuri.» Neanche riusciva a guardarmi negli occhi, tutta la sua attenzione rapita dal medaglione... e da ciò che nascondeva. «Pensa di aver bisogno di aiuto anche a ritorno?»

«No, grazie. Credo di fermarmi un po'.»

Mugugnò qualcosa tra sé e sé a proposito di oggetti che avrebbe dovuto possedere lui, ma non fece niente per fermarmi. A livello istintivo doveva aver percepito il legame tra me e gli spiriti del medaglione che tanto lo aveva stregato.

Lo guardai andar via in retromarcia, mentre il suono del bosco sostituiva il rombare del motore. Ero di nuovo alla dimora dei Guidi e presto ci sarei entrato per l'ultima volta. Nel bene o nel male.

Non erano passate neanche ventiquattr'ore ma sembravano essere trascorsi mesi. La vegetazione pareva essere cresciuta a dismisura e al tempo stesso aveva un aspetto malato che la faceva stridere con il verde rigoglioso della zona circostante. La porta d'ingresso era stata lasciata aperta e ora sbatteva, spinta dalle correnti d'aria. La camicia bianca era scomparsa, portata chissà dove dal vento. E tutto era circondato da quell'alone dorato che però non rendeva la visione meno minacciosa.

«Sei pronto?» domandai a Lerner.

Il mio assistente non mi rispose o forse lo fece in un tono così basso da non riuscire a penetrare le difese che indossavo.

Superai il cancello e sentii qualcosa cambiare dentro di me. Gli spiriti dello scarabeo dovevano aver intuito che ci stavamo avvicinando a un pericolo e stavano reagendo. Non come quando mi avevano aggredito nella stanza d'albergo. Ora sembravano avermi accettato e si stavano limitando a mettere in moto un sistema di allarme. Era come se stessero graffiando con le unghie lungo le pareti della mia mente, per spingermi a tornare indietro.

I bracciali di Mercurio vibravano intorno ai miei polsi, fremendo ora che eravamo più vicini all'entità.

Recitai una breve preghiera di buona fortuna e presto arrivai sul portico. L'interno della casa era buio come non era mai stato. Era una giornata assolata, ma sembrava che i raggi si fermassero proprio sulla soglia, incapaci di oltrepassare la barriera dell'oscurità.

Qualcosa si mosse in quel mare di tenebra. Mi bloccai, incapace di proseguire, pensando all'arma che avevo smarrito il giorno precedente. La presenza avrebbe potuto fare fuoco anche dall'esterno e dubitavo che gli spiriti potessero fermare il proiettile.

Dalla mia posizione riuscivo a vedere soltanto l'estremità di un arto che reggeva il pomello della porta. Rispetto all'ultima volta, sembrava un vero braccio umano. Mi sembrava anche di vedere il risvolto di una camicia vicino al polso. Se non fossi stato consapevole di quello che avevo visto in quella villa avrei potuto pensare alla forma materiale di un'anima.

«Chi sei?» domandai.

La porta si spalancò di colpo. L'entità fece un passo indietro, nascondendosi alla mia vista. Sarebbe stato sufficiente radere al suolo la costruzione per risolvere il problema. Temeva la luce, e l'avrebbe spazzata via quasi di sicuro. La tentazione di tornare indietro in quel momento era forte.

Mossi invece un passo verso l'ingresso. Quasi mi sembrava di sentire le pareti della casa tremare. Anche la creatura che mi attendeva doveva aver compreso che la situazione era cambiata. Adesso mi ero preparato a dovere. Pronto a gettarmi a terra al primo segnale di pericolo, raggiunsi il confine del buio. Mi sembrava di vedere una forma dai contorni ambrati a pochi metri da me. Avevo già visto il corpo ripugnante dell'essere ma non avrei voluto assistere di nuovo a quello spettacolo osceno.

Il nemico aveva altri piani per me. Entrai in casa e da un momento all'altro un chiarore dorato avvolse i contorni degli oggetti circostanti. Tutto era rimasto come lo avevo lasciato, fatta eccezione per la creatura davanti a me. Rimasi a bocca aperta quando la vidi. Se fino a poche ore prima era appena riuscita a ricreare una rozza imitazione della fisionomia umana, ora aveva messo a punto una certa abilità.

Era uguale a me, persino nel vestiario. Era forse a un paio di metri di distanza, con le gambe che sfioravano il divano dell'angolo davanti al camino. Rimanemmo per qualche istante a fissarci.

Rimasi paralizzato dalla sorpresa, incapace di qualunque movimento.

Un attimo dopo scomparve e una massa nera mi passò attraverso. Difficilmente sono in grado di rimettere insieme i pezzi di quanto provai in quegli attimi terribili. A livello fisico fu come se tutte le terminazioni nervose fossero sollecitate da una sofferenza indicibile che mi portò a gridare fino a lacerarmi le corde vocali. Ma l'aspetto peggiore fu quello che travolse la mia mente, una tempesta di sentimenti violenti e inumani tale da portare alla follia anche la persona più salda. Immagini brutali di corpi fatti a pezzi mi passarono davanti agli occhi, giusto un attimo prima che fiamme sovrannaturali cominciassero a divampare e a consumarli. Quindi mi accorsi che le membra erano ancora vive e si agitavano per sfuggire a quel supplizio infernale. Le orecchie mi si riempirono da un momento all'altro di grida strazianti e disarticolate mentre al naso mi arrivava l'odore acre e ributtante della pelle carbonizzata. E la parte più spaventosa era rappresentata dal fatto che dentro di me si stava allargando una sorta di macabra felicità per il fenomeno in corso. Un lato di me era orgoglioso di quella forza distruttiva e avrebbe voluto prenderne parte. Avrebbe voluto armarsi del Fuoco Empio e distruggere ogni forma di vita fino a perire per autocombustione. Non c'era salvezza in quel nuovo mondo e nessuna possibilità di combattere il caos. Tanto valeva farne parte. Diventarne il discepolo e il messia. Rovesciare tutti i canoni secondo i quali avevo vissuto fino a quel momento. La forma che mi aveva accolto nella casa non era solo una copia del mio corpo, ero *io* come sarei potuto diventare.

Come *dovevo* diventare.

Non c'era più alcuna traccia del vecchio me stesso mentre mi contorcevo a terra in preda agli spasmi di quell'assalto ultraterreno.

Fu allora che qualcosa si erse nella mia mente, una barriera ululante che mormorava parole incomprensibili. Eppure fu un sollievo enorme ascoltare quei bisbiglii, come una boccata d'aria per qualcuno rimasto troppo a lungo sotto la superficie dell'acqua. Le sensazioni che mi avevano assalito si fecero ben presto più distanti, in maniera non dissimile da una marea che si ritira. Nel giro di qualche istante potei tornare a ragionare normalmente. Ma non c'era tempo per rilassarsi. Spinto dall'istinto di sopravvivenza scivolai di lato, con una velocità che non credevo neanche di possedere, appena in tempo per evitare che il proiettile mi si conficcasse nella nuca.

Davvero non saprei come altro spiegare la forza che mi fece spostare di colpo sul pavimento impolverato della casa. Se avessi avuto il tempo di ragionare, forse sarei arrivato alla conclusione che la presenza aveva prima tentato di conquistarmi e, non riuscendoci, aveva pensato di eliminarmi alla vecchia maniera. Ma non è così che funziona l'istinto primordiale che alberga in ognuno di noi. Doveva aver percepito l'arrivo di una nuova minaccia e, nel corso degli anni, avevo imparato ad ascoltare quel grido silenzioso che mi imponeva di agire prima di riflettere.

Mi sollevai sulle ginocchia e trovai rifugio nelle scale che conducevano in cantina. Fino a quel momento l'entità aveva dimostrato di essere più forte quando si trovava nei pressi della soffitta. Di conseguenza il sottosuolo doveva essere la zona meno insidiosa. Una caviglia mi doleva. Dovevo essermi fatto male mentre ero sul punto di perdere i sensi poco prima.

Avevo appena messo piede nell'abitazione e già lo scarabeo aveva avuto modo di salvarmi la vita. Sentivo ancora la concitazione degli spiriti. Dovevano essere secoli che non subivano un attacco simile. Il mondo era più dorato che mai, come se fossi penetrato ancora più a fondo nell'antico universo del gioiello.

La porta d'ingresso sbatté. Ero ormai intrappolato all'interno.

Mi azzardai ad affacciarmi dallo spazio tra i due paletti di legno che sostenevano il corrimano. Il mio doppio era ancora lì, con la pistola direzionata nel punto in cui mi trovavo fino a pochi attimi prima. Aveva un'espressione perplessa. A quanto pareva, le cose non erano andate come si era aspettato.

Si accorse di essere osservato e alzò il capo verso di me. Un attimo dopo anche la rivoltella si spostava nella mia direzione.

«Sei diventato più forte», disse.

Aveva anche imparato a parlare. Stava facendo progressi. Per fortuna era rimasto un solo proiettile. Certo, potevano esserci altre armi all'interno della casa, ma non le avrebbe usate, e in quel momento ne ebbi la certezza. Quella creatura stava facendo di tutto per essere come me. Mi aveva studiato dal momento in cui ero entrato nella proprietà dei Guidi. Forse inizialmente aveva scelto uno dei coniugi da imitare ma aveva cambiato idea al mio ingresso. E infatti da quel momento aveva utilizzato le stesse armi usate da me. Era partito con degli assalti psichici – il suo modo naturale per affrontare una minaccia, probabilmente – e dopo aveva imparato come usare la pistola. Se lo avessi capito prima non avrei neanche portato il coltello. Ora si rivelava un'arma a doppio taglio, nel vero senso della parola.

«Anche tu sei diventato più forte», risposi. «E non capisco come tu possa crescere tanto velocemente. Cosa sei?»

Qualunque informazione a quel punto avrebbe potuto farmi comodo. Sapere come la presenza si percepiva avrebbe potuto darmi indizi sulle sue condizioni. Se era confusa c'era la possibilità di ingannarla.

«Sono te», replicò la creatura.

Cominciò a camminare verso di me e fui di nuovo percorso da un brivido d'orrore. Se quando restava immobile sarebbe potuto passare per un uomo, muovendosi dimostrava di non aver appreso come camminava un vero essere umano. Erano passi incerti e scomposti, come se l'entità stesse cercando di scivolare sul pavimento. Le braccia oscillavano in modo grottesco, in un disperato tentativo di mantenere l'equilibrio. La rivoltella danzava avanti e indietro ma tornava sempre puntata sul mio volto.

Le voci degli spiriti tornarono a farsi sentire e mi affrettai a scendere le scale per chiudermi in cantina, serrando la porta dietro di me. Era il momento di cominciare a pensare a una controffensiva. Di sicuro l'avversario avrebbe trovato il modo di penetrare nel piccolo ambiente dove mi trovavo ma non avrebbe potuto portare con sé l'arma da fuoco. Avremmo giocato alla pari, se avessi avuto il tempo per prepararmi.

Avevo già capito quanto lo scarabeo riuscisse ad amplificare qualunque potere avessi deciso di usare. In quel caso avrei fatto bene a costruirmi una barriera al centro della sala. Non avevo bisogno della torcia: i miei occhi, acuiti dal monile che pendeva sul mio petto, riuscivano a penetrare persino quelle tenebre assolute. Mi sedetti a gambe incrociate sul pavimento gelido.

Richiamai alla mente un incantesimo che mi aveva già fatto comodo in diverse occasioni incurante del suono dei passi malfermi che mi giungevano dall'altra parte di quella misera barriera materiale e del fetore pestilenziale che tornava a invadere le mie narici. Per quanto ne sapevo, quella formula era stata studiata nel corso della Caccia alle Streghe. Molto spesso erano solo povere donne accusate ingiustamente, come molti sanno, e come avrei scoperto in prima persona in futuro, ma a volte capitava di avere a che fare con una vera agente dell'oscurità. Quando ciò accadeva era possibile che, torturando il vettore, si liberassero delle forze maligne. I più illuminati degli inquisitori erano così arrivati a progettare un sistema per evitare di essere colti di sorpresa. Ogni corpo esposto alla luce ne accumula una certa percentuale, questo era il principio di base. E ogni frammento di luminosità accoglie in sé altre particelle spiritiche normalmente presenti nell'aria. Grazie all'incantesimo, tutto viene incanalato intorno all'utilizzatore della formula, creando una barriera viva di luce e anime. Certo, una volta esaurito l'effetto non sarebbe stato possibile erigere una nuova difesa, ma avevo altre frecce al mio arco. E poi in quel modo sarei stato capace di proteggere anche Lerner che in fondo rappresentava la mia arma segreta. Se l'avversario fino a quel momento era stato capace di imitarmi in tutto e per tutto, il mio assistente era un aspetto impossibile da replicare. Dovevo solo trovare il modo di approfittarne.

OTTO

Il medaglione dorato che portavo al collo aveva dato il suo tocco personale all'incantesimo in corso e il circolo di luce intorno a me mandava bagliori come se dei tuoni esplodessero sulla superficie eterea. Non avevo dubbi: nessuna forza oscura sarebbe riuscita a oltrepassare indenne quella barriera. Più probabilmente la forma materiale dell'entità sarebbe stata spazzata via e l'essenza più intima della quale era formata sarebbe stata rispedita negli abissi infernali che l'avevano forgiata.

Sapevo però che l'avversario mi voleva distruggere e si sarebbe di sicuro avvicinato. Volevo studiare le sue reazioni prima di scatenare la forza distruttiva dello scarabeo. Con quell'ausilio ero convinto che non avrei avuto problemi. Anche la formula appena usata aveva consumato molte meno energie di quanto mi sarei aspettato. L'antico monile di Noah era persino più potente del previsto. Gliene avrei parlato, una volta tornato a Roma.

Sentii Lerner sghignazzare nella mia mente. *«Quanto sei*

ottimista, Maestro. Sei intrappolato in questa cantina e già pensi di poter tornare a casa?»

Stavo per rispondergli, quando la porta cominciò a tremare, segno che l'essere aveva deciso di rimanere in forma umana. In qualche modo era ossessionato dal volere sembrare me e ormai era difficile staccarsi da quelle fattezze. Ciò rappresentava un altro vantaggio: in forma incorporea era più insidioso e imprevedibile. Da qualche parte nella mia mente sentivo Lerner lamentarsi per tutti quei bagliori che avevano invaso anche il suo mondo. Il mio assistente doveva sentirsi solo: era abituato a conversare con me nel corso delle indagini, e quel silenzio doveva risultargli scomodo. Se tutto fosse andato secondo i piani, gli avrei permesso di nutrirsi di qualunque residuo spiritico all'interno della casa. L'anima del tossicodipendente deceduto tra quelle mura – che adesso riuscivo a percepire in lontananza, grazie ai sensi acuiti dai sortilegi che mi circondavano – ci avrebbe fatto comodo, dopotutto. Il banchetto avrebbe fatto passare a Lerner ogni malumore.

La porta si spalancò con un tonfo e vidi me stesso entrare nella cantina, la pistola nella mano destra. Ancora una volta non potei fare a meno di notare l'andatura dinoccolata con cui procedeva il mio doppio, nel disperato tentativo di simulare il modo di camminare di un essere umano.

Gli occhi scivolarono su di me e finalmente mi sembrò di scorgere l'ombra di un'emozione in quelle iridi nere. Odio. Per quello che rappresentavo. Per la luce che avevo osato accendere in un luogo dove regnavano le tenebre.

Lo vidi puntare di nuovo l'arma verso di me. C'era un altro proiettile nella rivoltella. Gli spiriti cominciarono a ululare dentro e intorno al mio corpo, segnalando il pericolo imminente.

Non distolsi lo sguardo dalla creatura demoniaca. Non

avevo niente da temere. Ero interessato al suo modo di pensare, però, e la vidi prendere la mira come non aveva fatto prima. A quanto pareva aveva avuto accesso alle mie informazioni e sapeva che quella pallottola era l'ultima.

«Non farlo», dissi. Le parole crearono vortici nella barriera di luci, come se avessero dato una strigliata alle particelle, che accelerarono i loro movimenti folli. «Forse non te ne rendi conto ma sei un prigioniero qui dentro. E io ti donerò la libertà.»

Il volto dell'essere si contrasse in qualcosa di simile a un sorriso che però ebbe il solo effetto di piegargli le labbra in modo innaturale.

Fece fuoco, ma ormai ero pronto. Il muro di luce si portò in avanti, avvolgendo il proiettile in un amorevole abbraccio. Vidi la pallottola danzarmi davanti agli occhi prima che gli spiriti trovassero il modo di arrestarne l'avanzata. Ciò che avrebbe dovuto uccidermi era ora immobile e sospeso a mezz'aria. Ma era terminato il momento di subire gli assalti del nemico. Con la massima concentrazione ordinai ai miei invisibili alleati di rilanciare il proiettile al mittente. Non avrebbe mai raggiunto la velocità di sparo ma non era su quello che si basava la mia offensiva.

La pallottola dipinse un arco ambrato nell'ambiente buio, terminando il breve volo nel petto dell'avversario.

Fu comunque disturbante vedere il mio sosia guardarsi lo sterno dove si era aperto un foro grande come un pugno. Per qualche istante immaginai anche il dolore che doveva provare in quel momento. Dalla ferita cominciò a fuoriuscire del fumo dorato. L'essere emise un gemito inumano dalla gola, qualcosa che solo la sofferenza più pura poteva provocare.

Un chiarore si diffuse su tutto il corpo dell'entità, arrivando a circondarlo nella sua interezza. Il gemito si trasformò presto in un grido di dolore. Se fosse rimasto in forma umana sarebbe stato annientato. Eppure lo vedevo continuare a lottare contro quel dolore insopportabile. Stava dimostrando una determinazione non troppo lontana da quella che caratterizzava anche me. Ma era una battaglia impari. Prima si accasciò sul pavimento, cercando vanamente di strisciare verso di me, i lineamenti del viso distorti da rabbia e dolore. Le mani erano ridotte ad artigli deformi.

Alcuni anni prima forse sarei stato capace di provare pietà per quella creatura agonizzante, ma da tempo quel tipo di sentimento mi aveva abbandonato. Continuando a respirare lentamente – i battiti del cuore non dovevano aumentare o avrei potuto perdere il controllo della barriera – mi alzai in piedi. Sollevai le braccia, cominciando a mormorare le parole della formula che avevo scelto di utilizzare. Non era un incantesimo vero e proprio, quanto un proseguimento di quello protettivo che avevo recitato prima. Avrei sfruttato le energie già disposte sul campo.

Il mio doppio cercò un'ultima volta di sollevarsi, forse anticipando quello che stava per accadere. Ma non c'era modo di fuggire. Il proiettile incantato lo teneva inchiodato a terra. E, quando l'ondata di luce e spiriti si riversò su di lui, stava ancora tentando di tirarsi indietro. Sentii quella carne empia sfrigolare a contatto con la materia eterea del mio attacco e il grido assunse una tonalità così alta da rasentare gli ultrasuoni. Se non fossi stato ben protetto probabilmente sarebbe bastato quello per farmi impazzire del tutto. Sembrava passato un secolo da quando mi aveva colto di sorpresa, solo il giorno prima. Ma ora i ruoli si erano invertiti.

L'essere balzò in avanti, come un pesce che tenti disperatamente di tornare in acqua pur trovandosi già nella barca del pescatore. Era tempo di porre fine a quel dolore. Con un ultimo gesto delle dita, ordinai agli spiriti di spazzare via quel sacrilego ammasso di carne.

Accolsi il silenzio immediatamente successivo come un disperato nel deserto avrebbe fatto con un bicchiere d'acqua. Non osavo rilassarmi per paura di perdere la concentrazione, ma ero sollevato. Il punto era che avrei dovuto continuare a guardarmi anche dai miei alleati. Anche in quel momento, mentre il mio doppio veniva inghiottito di nuovo dall'oscurità, sentivo gli antichi spiriti cercare una breccia nella mia volontà per dominarla una volta per tutte. Avevano percepito la mia forza e probabilmente avevano pensato che sarebbe stato fantastico sfruttarla per i loro scopi. Dovevo sferrare il colpo di grazia alla presenza che infestava la casa e andarmene.

Essere costretta ad abbandonare la forma materiale, almeno secondo la mia esperienza, doveva averle causato uno stato confusionale non dissimile da quello di un'anima appena abbandonate le spoglie mortali. In più, la quantità di luce con cui l'avevo colpita doveva aver fatto male anche alla sua essenza più intima. A quel punto ero sicuro di poter vincere l'infestazione senza troppi problemi. In altre circostanze avrei chiesto consiglio a Lerner ma adesso il mio obiettivo principale era affrettarmi e togliere il disturbo.

Lasciai il mio assistente dove si trovava, al sicuro – almeno così credevo – nella tasca della giacca e tornai a ripescare nella memoria le parole che mi avrebbero permesso di assestare un altro fendente all'avversario. Sollevai le braccia con i palmi verso l'alto e lasciai che la formula fluisse dalle mie labbra. La barriera luminosa intorno a me cominciò a emettere un debole ronzio, simile al crepitio dell'elettricità.

Per sicurezza ripetei le parole una seconda volta, rafforzando il potere del sortilegio. Quindi abbassai lentamente gli arti superiori e provai a muovere un passo verso la porta della cantina. Notai con piacere che la barriera si muoveva con me, distorcendosi leggermente mentre mi spostavo. Potevo procedere a ispezionare la casa continuando a essere protetto. Era una notizia abbastanza positiva. Forse potevo cominciare a essere ottimista.

Da quello che avevo già visto probabilmente avrei trovato ciò che restava del nemico in soffitta. Certo, in forma incorporea sarebbe stato capace di liberare tutto il suo potenziale spirituale ma dubitavo fosse in grado di penetrare le mie difese. E poi non avevo la minima intenzione di lasciargli il tempo di prepararsi.

Mossi un paio di passi, continuando a ripetere nella mente la formula che avrebbe mantenuto la barriera inalterata. Poi vidi un oggetto a terra riflettere il chiarore del circolo di protezione. Dopo tanto tempo tornai a sorridere. Era la mia pistola. Finalmente potevo riprenderla. Prima di afferrarla mi mossi ancora, facendo in modo che fosse all'interno del cerchio luminoso. Quindi, vedendo che non c'era stata reazione, mi azzardai a impugnarla. Mi sentii ancora meglio. Era la prima volta che qualcuno – o *qualcosa*, in effetti – mi aveva puntato contro la mia rivoltella.

«Non festeggiare troppo, Kiesel. Magari la prossima volta riusciranno anche a colpirti. Ci hai pensato?»

La prossima volta starò più attento.

Lerner non mi provocò oltre. Almeno ero riuscito a recuperarla. Mi pentii di non aver portato con me dei proiettili di riserva.

Salii gli scalini che mi avrebbero condotto al piano terra. Il resto della villa era silenzioso come se le pareti stesse seguissero i miei movimenti. Se prima sentivo solo un alone di minaccia, ora avvertivo anche altro: timore. L'entità aveva imparato molto dal mio esempio e adesso gli avevo insegnato anche cosa significasse avere paura.

La porta d'ingresso era spalancata e la luce del sole

sembrava quasi invitarmi a uscire per godere dell'aria aperta. Non pensai neanche di accettare quella resa ingannevole, appoggiandomi invece al corrimano e preparandomi a tornare di sopra.

Procedetti senza fretta, facendo attenzione a ogni passo. Al piano superiore trovai il pavimento cosparso di un liquido scuro che sembrava bitume. Nonostante l'aspetto orrido, non emanava odore e la consistenza, stando almeno a ciò che sentivo sotto le scarpe, era simile a quella del fango. L'unica differenza era che il fluido cercava di sottrarsi al contatto con la barriera luminosa intorno a me.

«*Se questo è il suo sangue*», commentò Lerner, «*magari possiamo sperare che muoia di emorragia.*»

Non credevo che la nostra fortuna si spingesse tanto in là, ma non commentai.

Mi aiutai appoggiando la mano sulla parete, dirigendomi verso le scale metalliche che conducevano in soffitta. Rischiare di scivolare su quella melma era fuori discussione. Anche perché la sentivo muoversi intorno ai piedi, come se, sapendo ormai di non potersi sottrarre al tocco della barriera, stesse cercando di afferrarmi e rallentarmi. Senza la dovuta protezione, mi sarei trovato a combattere contro una pozza di sabbie mobili spirituali. Avevo già sentito parlare di un fenomeno del genere. Nessuno sapeva però che fine facessero gli individui scomparsi in un modo simile. E la mia inguaribile curiosità da studioso non era sufficiente da spingermi a volerlo scoprire.

Non sapevo cosa avrei trovato, ma avrei fatto meglio a richiamare qualche incantesimo offensivo. Non avrei esercitato un esorcismo – pratica troppo lenta e mirata a scacciare un'entità da un determinato luogo – ma un vero e proprio assalto spirituale. Il potere che scorreva in me in quel momento avrebbe potuto spazzare via qualunque nemico immateriale. E quella creatura era troppo malvagia per permetterle di continuare a infestare il piano d'esistenza degli uomini. Andava sradicata.

Raggiunsi la scala e cominciai a salire, un passo alla volta. Mi bloccai a circa metà del percorso. C'era un rumore minaccioso che proveniva dall'alto. Era come se una massa gigantesca ispirasse ed espirasse di continuo, ritmicamente. Se prima la presenza mi aveva tentato con l'apertura dell'uscio sull'esterno, ora cercava di spaventarmi. Avrebbe dovuto sapere che non mi sarei tirato indietro. Dopotutto, aveva detto di essere me.

«Questi trucchi da quattro soldi non funzionano», dichiarai. «Non dopo che mi hai puntato contro la mia pistola.»

La voce di Lerner mi arrivò sempre più distante. *«Non l'hai propria mandata giù, eh, Maestro?»*

Pronunciai per la terza volta la formula che avrebbe rafforzato la difesa e mi affacciai nell'ampio ambiente sovrastante. Ero pronto a dare battaglia alle tenebre e niente avrebbe potuto fermarmi.

Tranne le tenebre che portavo con me e di cui ignoravo ancora l'esistenza.

C'è un momento durante la caccia in cui si capisce di aver vinto. Non saprei come spiegarlo, ma è come se la mia intera anima vibrasse all'idea di quanto sta per accadere. Deve essere quello che prova un generale in battaglia quando sa che sta per sparare l'ultimo proiettile o calare il fendente conclusivo. Ecco, quella era la ragione per cui vivevo, quell'unico istante in cui realizzavo che l'uomo aveva trionfato sulle forze sovrannaturali, rivolgendole contro loro stesse. Era un senso di trionfo che mi mandava scariche di adrenalina lungo la schiena. E in genere la beatitudine durava fino al momento effettivo in cui l'entità veniva bandita, distrutta o assimilata. Era anche grazie a sistemi simili che ero riuscito a migliorare le mie abilità. Più erano minacciose le presenze di cui mi impossessavo e più acquisivo potere.

Mentre mi affacciavo nell'ampio vano della soffitta provavo la stessa familiare sensazione. Ero sul punto di schiacciare l'avversario una volta per tutte. Avevo dimostrato la superiorità della ragione umana e del rigore scientifico, ancora una volta. Gli spiriti, sempre sotto il mio controllo, danzavano intorno a me in un caleidoscopio ambrato che vorticava incessantemente.

L'essere respirava, quasi incurante che io fossi lì, forse troppo ferito per provare a reagire. Non sapevo quanto lo avesse destabilizzato la distruzione del corpo materiale, ma ero conscio di quello che stava per accadere.

Accolsi le tenebre sovrastanti con un grido di pura gioia e mi preparai a inondare quell'oscurità innaturale con un bagliore infuocato. C'era il rischio che esplodessero le finestre di tutto il piano ma in quel momento non mi importava.

Richiamai alla memoria la formula che avrebbe sferrato il colpo di grazia, utilizzando parte della mia stessa anima per mondare l'area intorno a me. Era una delle tecniche più potenti che conoscevo e anche una delle più dispendiose, ma ormai era arrivato il momento di tentare il tutto per tutto.

Qualcosa cambiò nell'ambiente. La creatura interruppe quel respiro continuo che mi aveva accolto e per un attimo udii solo silenzio. Non mi lasciai ingannare e continuai a recitare mentalmente la formula. Era solo questione di pochi istanti.

Una risata cupa e grottesca risuonò nell'aria, pesante come colpi di martello su un'incudine. Se fino a quel momento l'essere aveva fatto di tutto per sembrare umano, ora doveva aver pensato di cambiare tattica. Quell'esplosione di ilarità non aveva nulla che potesse richiamare il divertimento di un uomo. Era un suono malevolo e carico di minaccia.

Vidi in quel momento qualcosa che incrinò la mia sicurezza. Il chiarore della barriera si stava affievolendo. All'inizio avevo pensato che fosse solo un'impressione ma ben presto divenne certezza. Il nero intorno a me stava guadagnando solidità e si stava avvicinando. Il senso di vittoria si trasformò velocemente in inquietudine.

Lasciai l'incantesimo d'assalto nel retro della mia mente e mi concentrai di nuovo su quello difensivo. I residui spirituali che formavano la barriera non potevano già essere stati consumati. Mi trovai a ripetere la formula ma gli spiriti non rispondevano al mio richiamo: era come cercare di afferrare un'anguilla con dita cosparse d'olio. Continuavano a scivolare via, incapaci di eseguire i miei ordini. E ora l'oscurità era ancora più pressante.

Colto dalla disperazione, abbassai lo sguardo sul medaglione e scoprii il motivo di quanto stava accadendo. Lo scarabeo vecchio di millenni era stato corroso in pochi minuti. Dove prima brillava di una luce dorata, ora era scuro e consumato. Sembrava che avesse passato diversi minuti a bagno nell'acido. Per questo le anime prigioniere non potevano aiutarmi: stavano sperimentando la fine della loro esistenza ancestrale.

Da quando ero entrato nella casa, l'avversario doveva aver attaccato con tutto il suo potere l'oggetto incantato capace di creargli più problemi. Il resto era stato solo un diversivo per guadagnare tempo. Salendo di sopra, non avevo fatto altro che cadere nella trappola che l'entità aveva predisposto con così tanta cura.

«Avremmo dovuto pensarci prima.» La voce di Lerner era tesa. Il mio assistente si stava facendo sempre più nervoso.

«Dopotutto, sta facendo di tutto per somigliare a te. Era ovvio che prima o poi utilizzasse le stesse tecniche che avresti usato tu.»

Era così che uno spirito si sentiva quando lo spingevo all'angolo e lo costringevo a fuggire?

La situazione era troppo critica per lasciarmi prendere dal panico o mettere in discussione il mio operato. Non aveva senso cercare di mantenere una barriera in procinto di crollare, così decisi di abbandonarla al suo destino. Avrei sfruttato gli ultimi minuti di quella difesa per costruirne un'altra. Non avrei potuto fare affidamento sulle forze spiritiche, così avrei dovuto fare ricorso alle mie riserve personali. Accantonai gli incantesimi che avevo preparato e ripescai dalla memoria qualcosa di adatto per l'occasione. Tentare un assalto frontale ora significava morte certa.

Mi sembrava di essere tornato indietro nel tempo, ai primi casi, quando potevo contare solo sulle mie forze. Un periodo antecedente al mio legame indissolubile con lo spirito nello specchio. Quel rituale in particolare lo avevo trovato in un libro della biblioteca comunale. Avevo deciso di testarlo entrando in una casa abbandonata che i paesani consideravano infestata. Avevo scoperto che era proprio così. Lo spettro di un ragazzino continuava a percorrere quelle stanze vuote, ululando la sua frustrazione e la sua rabbia contro il niente che lo circondava. Quando ero entrato si era scagliato contro di me e per un attimo avevo avvertito il cuore fermarsi, come succede sempre quando una forma eterea attraversa un corpo materiale. Fu allora che, preso dal terrore, tentai quanto spiegato nel tomo. E scoprii che funzionava.

Ora stavo per tornare alle origini.

Mentre la protezione intorno a me si faceva sempre più rarefatta, mi bucai il polpastrello del mignolo con la lama del coltello e con il sangue tracciai un cerchio a terra. Pronunciai quindi le parole di un incantesimo di diversa origine che avrebbero rafforzato il sacrificio appena compiuto. Quindi ripetei l'operazione, incidendo la carne ancora più a fondo e disegnando un secondo circolo più interno. Il silenzio era tornato a farsi opprimente, ma sapevo che l'avversario stava seguendo ogni mia azione. Mi aveva battuto facendo leva sulla mia presunzione. Non aveva mentito quando aveva dichiarato di essere me. Una cosa era certa: non avrei ripetuto lo stesso errore.

Recitai l'ultima frase e vidi il sangue a terra che iniziava a brillare di una tenue luminosità. Non era un bagliore potente come quello che mi aveva protetto fino a pochi minuti prima, tuttavia mi avrebbe permesso di guadagnare tempo e di capire come uscire dalla trappola in cui mi ero cacciato.

La carne ferita mi faceva male, così avvolsi il dito in un fazzoletto e mi sedetti, cercando di mostrarmi sereno e tranquillo. Ma era un'espressione simulata e, quando l'ormai inutile scarabeo si staccò dalla catenella consumata e cadde al suolo, non riuscii a trattenere un brivido di puro e genuino terrore.

NOVE

Da quel mare di tenebra emerse un chiarore non dissimile da quello che si estendeva per pochi centimetri oltre le mie ultime linee di difesa. Vidi una forma indistinta farsi più vicina e quindi assumere contorni più definiti. Nel giro di pochi istanti mi trovai a fissare il viso familiare e al tempo stesso alieno della mia sorella defunta. Se i tratti del volto erano quelli di Priscilla, non avrei potuto dire lo stesso degli occhi: neri, vuoti e privi di vita. Erano fissi su di me come quelli di un bambino che abbia appena scoperto un animale sconosciuto.

Rimasi immobile, cercando di reprimere lo shock e l'orrore. Vidi quella figura femminile avanzare sempre di più e allungare una mano fino a sfiorare i confini della barriera. Priscilla tirò subito indietro il braccio, come se il minimo contatto le avesse bruciato la pelle.

La difesa stava funzionando, quella era la mia unica consolazione.

La presenza si fermò e si sedette davanti a me, imitando ancora una volta la mia postura. Dovetti far ricorso a tutto il mio autocontrollo per evitare di reagire. Continuavo a ripetermi che non sarebbe servito a nulla. Stavo lottando per la vita, e un altro passo falso non avrebbe fatto altro che decretare la mia rovina.

Cominciavo a sentirmi più debole e quel torpore non mi piaceva affatto. Significava che avrei dovuto scegliere con parsimonia la prossima mossa. Probabilmente la decisione più saggia sarebbe stata quella di lanciare l'ennesimo incantesimo di protezione, potente abbastanza da farmi raggiungere la porta d'ingresso e andarmene. Certo, avrebbe significato sconfitta e detestavo l'idea di abbandonare la partita dopo essere stato ingannato e sbeffeggiato. Anche ora mi sembrava di vedere una malcelata ironia nel modo in cui la sagoma di mia sorella era seduta di fronte a me, lo sguardo fisso davanti a sé.

Quando parlò, per me fu una sorpresa.

«Come vedi ho imparato molto velocemente. Secondo la tua specie, a questo punto dovrei ringraziarti. Tuttavia, come puoi immaginare, la riconoscenza è una caratteristica che non mi appartiene. Ma il rispetto sì. E senza di te non sarei arrivato a questo livello di consapevolezza. Guidi era solo un verme.»

Forse si aspettava una risposta da parte mia, ma finora ero caduto in troppi tranelli, quindi restai in silenzio. Aveva voglia di parlare? Bene, avrebbe dovuto esporsi. O tornare nell'ombra che lo aveva generato.

«Forse dovrei rispettare anche lui per avermi risvegliato, ma non ci riesco. È un essere strisciante, inconsapevole di cosa rappresenti. Mi riempie di gioia il fatto che abbia deciso di lasciare spazio a te.»

Le informazioni stavano arrivando, posto che le sue parole fossero sincere. Già avevo notato che in forma eterea l'entità riusciva a comunicare senza problemi, dimostrando di aver appreso la nostra lingua a una velocità sorprendente. In secondo luogo, aveva ammesso di essere stata *risvegliata* dal signor Guidi. C'era stato un momento, dunque, in cui il mio datore di lavoro aveva commesso un'imprudenza. Continuavo a pensare a un oggetto specifico da cui poteva essere stata scaturita la maledizione, ma mi sforzai di abbandonare quell'idea. Avere preconcetti mi aveva già creato abbastanza problemi.

«*Puoi parlarmi*», continuò la creatura, utilizzando ancora la voce di mia sorella. «*In questo momento non riesco ad arrivare ai tuoi pensieri e mi dispiace. Pur rappresentando due universi opposti, il dialogo nascosto con te mi è stato molto utile.*» Ridacchiò e per un istante sembrò davvero di udire il suono emesso da una ragazza. «*Forse adesso che sei abbastanza debole potrei oltrepassare la tua esile difesa, come ti ostini a chiamarla. Ma non vorrei usare la forza. La tua anima mi serve intatta. Come sai, non ne ho una. Non ancora.*»

Preso dalla battaglia, mi ero quasi dimenticato dei bracciali di Mercurio. Doveva essere per quello che non riusciva a percepire i miei pensieri. Tutto quello che all'essere arrivava dal mio spirito erano i residui presenti nel sangue sparso a terra. La barriera, mista ai bracciali, aveva creato una schermatura perfetta. Altro aspetto che avevo appena imparato, forse troppo tardi.

Ero spaventato per l'ultima rivelazione, ma mi sforzai di ricacciare indietro ogni forma di sentimento. Avevo mia sorella davanti e mi stava minacciando di divorarmi l'anima. Non ricordavo di essere mai stato così colpito al cuore nel corso di un caso.

Ora però il sangue freddo era tutto ciò che mi rimaneva. I bracciali di Mercurio che avevo considerato uno schermo contro gli spiriti del medaglione ora mi stavano fornendo un aiuto inaspettato. Adesso avrei dovuto continuare ad accumulare informazioni, di conseguenza l'entità avrebbe dovuto parlare ancora. Nonostante mi facesse sentire violato nell'intimo, piantai gli occhi in quelli disumani di mia sorella. Sapevo che non era lei, ma era difficile non lasciarsi influenzare da quella forma familiare e aliena al tempo stesso.

«Cosa pensi di fare una volta ottenuta la mia anima? Non puoi lasciare questo posto.»

La ragazza rise di nuovo, facendomi scorrere un altro brivido lungo la schiena. Il tipo *sbagliato* di brivido. *«Hai ragione. Queste mura me lo impediscono. Ma posso fare qualcosa di meglio. Posso ingrandire questa casa. Già sono riuscito a estendere la mia influenza nel giardino intorno alla villa. Presto sarò in grado di spostarmi nel bosco. Un gran bel territorio di caccia, non trovi?»*

«Non capisco perché voler rimanere in un mondo che non ti appartiene. Se anche non dovessi riuscire a ricacciarti indietro verrebbe qualcun altro. Non sono il solo. Dovresti saperlo. Anzi, in questo momento basterebbe radere al suolo la villa. E ho dato disposizioni precise. Se non dovessi tornare entro un tempo prestabilito è proprio ciò che faranno. Non hai scampo.»

Il lampo di un dubbio sembrò attraversare il volto di Priscilla, prima che la vedessi tornare alla solita espressione piatta. *«In quel caso sarò costretto a forzare la mano. Divorando il tuo spirito diventerei ancora più forte. E sarei davvero curioso di vedere come riusciranno ad azionare i macchinari al mio cospetto.»*

Non aveva ereditato solo la mia esperienza, ma anche la mia presunzione. La stessa che mi aveva fatto quasi soccombere. Sperai che per la creatura davanti a me valessero le stesse regole.

Mi sporsi in avanti, deciso a continuare con le provocazioni. «E cosa ti dà la certezza che non abbiano anche loro i bracciali di Mercurio? Non puoi sapere cosa avviene fuori di qui.»

Il ghigno di Priscilla si allargò. *«Lo avrei saputo. Ero nella tua testa, ricordi? E non hai dato loro un bel niente.»*

Con la mano stretta intorno all'impugnatura del coltello mi feci ancora più vicino. Ora con la guancia sfioravo il confine della difesa più interna. «O forse anch'io sono riuscito a ingannarti. Forse hai commesso il mio stesso errore e mi hai sottovalutato.»

Il volto di Priscilla si distorse in un'espressione di sospetto, ma non le diedi il tempo di riflettere. Scattai in avanti, ignorando quella voce interiore che mi implorava di non colpire mia sorella, con la lama scintillante al chiarore del circolo di protezione. La affondai al centro della manifestazione eterea, immergendomi fino al gomito. Da sospettoso, il viso divenne carico di odio e vendetta. Ma non riuscì a resistere all'impatto con il coltello benedetto. Lanciò un ululato di pura sofferenza e divenne meno consistente. Mi costrinsi a resistere, lasciando l'arma dov'era, anche se la pelle cominciava a bruciarmi a contatto con la strana sostanza di cui era formato l'avversario. Mi lasciai scappare un gemito, ma non mollai, ringraziando ancora una volta la mia ossessione per la sicurezza che mi aveva spinto a indossare i bracciali. Senza di essi non sarei riuscito a resistere all'urlo prolungato che mi stava circondando in quel momento.

Gli occhi di Priscilla si fissarono per l'ultima volta nei miei prima che lei scomparisse nel buio. Il silenzio non fu mai ospite tanto gradito. Mi affrettai a riportare la mano all'interno della difesa e finalmente potei concedermi un sospiro di sollievo.

Se c'è un istante in cui si è sicuri di vincere nel corso di una purificazione, ce n'è anche uno in cui la paura di essere sconfitti ha la meglio. Era qualcosa che mi capitava di rado, ma in quel momento mi ritrovai a far appello a tutta la mia forza di volontà per non lasciarmi abbattere. Avevo solo intaccato l'esterno dell'entità che infestava la casa, guadagnando forse qualche minuto prima del prossimo assalto. Non avrei dovuto farmi illusioni. Anche perché il filo del pugnale era già corroso e la punta smussata. Forse sarei riuscito a utilizzarlo un'altra volta prima che la forza della presenza lo consumasse del tutto. Controllai i bracciali di Mercurio e vidi che erano intatti, mentre la mia epidermide era arrossata e irritata. A quanto pareva, l'avversario aveva effetto solo su oggetti dotati di anima.

Era un'ironia della sorte. Avevo passato gran parte degli anni cercando armi con degli spiriti all'interno e ora mi ritrovavo ad aver bisogno di un arsenale *naturale*. Non avevo ancora capito il meccanismo per il quale la creatura riuscisse ad avere la meglio su qualunque forma spiritica, ma ormai era evidente. Per essere al sicuro in quella casa non avrei dovuto avere un'anima.

Mi lasciai andare a una risatina, vinto dallo scoramento. Certo, la barriera intorno a me avrebbe retto ancora un po' e di sicuro avrei potuto rafforzarla con dell'altro sangue, ma per quanto ancora sarei potuto andare avanti senza mangiare e senza dormire? Forse un paio di giorni prima di svenire e, una volta persi i sensi, sarei stato in balia delle tenebre. Quando avrebbero buttato giù la casa, lo avrebbero fatto con il mio cadavere dentro.

«Non ti stai più divertendo?» domandai alle tenebre della soffitta. «Non pensavi che il modello a cui ti ispiravi avesse ancora qualche zampata da lanciare?»

Non mi rispose. Forse si stava riprendendo o era impegnato a programmare il prossimo assalto. Pensai a quante possibilità avessi di raggiungere la porta d'ingresso se fossi corso via. Probabilmente mi avrebbe catturato prima ancora di arrivare al piano terra. Ragionai velocemente sulle strategie offensive da utilizzare, ma non avevo molte frecce al mio arco. Non c'erano spiriti liberi nella villa e non avrei potuto affidarmi a loro. Il che escludeva gran parte della magia.

Potevo soltanto appellarmi a un esorcismo. Mi trovavo di

fronte una creatura infernale e, con un po' di fortuna, sarei riuscito almeno a indebolirla. Mi sfilai il libretto dall'interno della giacca dove lo tenevo sempre. Erano circa cinquanta pagine che avevo fatto redarre a mano da un monaco umbro. Contenevano i rituali maggiori per cacciare demoni e spiriti delle tenebre. Non mi piaceva utilizzarli per diversi motivi. Prima di tutto non avevano rigore scientifico: non era lecito sapere quando e come avrebbero funzionato. Spesso dipendeva dalle origini dal nemico e a volte i demoni ne erano immuni. Secondo poi, anche funzionando, spesso non si aveva modo di sapere *dove* la presenza andasse a finire. Per la mia carriera non sarebbe mai stato molto utile liberare una casa solo perché se ne infestasse una a poche centinaia di metri di distanza. L'ultima ragione per cui cercavo di evitare quei riti antichi era il fatto che spesso l'entità lottava per resistere. Più era potente e più era capace di provocare danni all'ambiente circostante. Era già capitato: avevo delle testimonianze oculari di esorcisti uccisi dalla caduta di una trave o dal lancio di oggetti. Mentre si eseguiva un rituale era difficile rimanere *anche* concentrati sulla difesa. Per questo era meglio essere sempre in due.

Al punto in cui mi trovavo non avevo grandi opzioni. L'abitazione mi sarebbe crollata sulla testa in ogni caso, tanto valeva cercare di disturbare l'ospite il più possibile.

Tirai fuori lo specchio di Lerner. Era circondato da un alone luminoso, segno che anche il mio assistente stava facendo il possibile per difendersi. Quando si accorse di essere stato evocato fece capolino sulla superficie riflettente. Era vestito in modo molto elegante, con un doppio petto a coste e una cravatta bordeaux. I radi capelli erano tenuti insieme all'indietro e doveva essersi cosparso il viso di fondotinta perché le ferite erano appena visibili.

«Che succede?» domandai.

Lerner fu costretto a urlare perché potessi distinguere le

sue parole. *«Sono contento che ti sia ricordato di me. Mi sarebbe dispiaciuto andarmene senza un ultimo saluto ufficiale, Kiesel. Ne abbiamo passate tante insieme.»* Si interruppe per sistemarsi la giacca. Sembrava a disagio con quegli abiti indosso. *«Che hai da guardare? Non ti piace come mi sono vestito per il mio secondo funerale?»*

«Torna in abiti più comodi e metti le scarpe da ginnastica», ribattei, «avrò bisogno del tuo aiuto.»

«Ah, ironia pungente. Addirittura Vuol dire che siamo davvero a un passo dalla morte. Parlo per te, naturalmente.» Si lisciò la giacca, con un'espressione snob. *«Io già ho avuto la fortuna di vivere quest'esperienza. Ma torniamo a noi. Cosa vuoi che faccia, Maestro?»*

A quel punto non aveva neanche senso cercare di ingannare l'avversario su quanto avrei fatto. Mi conosceva e avrebbe potuto indovinare le mie ultime risorse. «Avrò bisogno che innalzi una difesa temporanea. Dovrai fare affidamento su tutto il tuo potere. Dovrà durare il tempo necessario perché effettui l'esorcismo.»

«Non è mai stato il tuo forte.»

«Pensi di riuscirci o no?»

Lerner si strinse nelle spalle. *«Non lo so. È che mi sento un po' debole...»*

«Ti ho permesso di nutrirti, prima. Non provarci neanche.»

Il mio assistente ridacchiò e annuì, quindi si avvicinò ancora al bordo dello specchio e mi strizzò l'occhio. L'orbita scura pare ribollire di una luce oscura. *«Non vuoi prima avere una veloce consulenza sulla situazione attuale?»*

«Cosa pensi, Lerner?»

«Siamo arrivati al punto di usare il nome. Non riesco neanche a immaginare cosa si agiti dietro quell'espressione impassibile. Ecco, guardati.»

Per un attimo il mondo del mio assistente scomparve,

lasciando al suo posto uno specchio comune. Nel riflesso, non sembravo affatto una persona sul punto di perdere la vita... e l'anima. Come aveva detto Lerner, sembravo tranquillo. Solo la mascella era serrata e tradiva il tumulto interiore. Nella condizione in cui mi trovavo non avevo idea se fosse un bene trattenere le mie emozioni ed era una preoccupazione squisitamente scientifica. I sentimenti di qualunque tipo possono alterare lo spirito umano se non rilasciati, e non avrei voluto dare al mio nemico più vantaggi di quanti non ne avesse già.

Lerner tornò a dominare il centro della superficie riflettente, ancora nel suo impeccabile abito elegante. «*Vuoi sapere cosa penso?*»

«Certo.»

«*Avevi bisogno di una lezione del genere. Hai passato gli ultimi anni cacciando il sovrannaturale in ogni sua forma, senza il minimo rispetto. L'essere che hai incontrato è quello che diventerai da morto, se continui su questa china. E se anche dovessi morire oggi, be', almeno avrai recuperato in parte la tua umanità.*»

«Hai anche qualche idea su come risolvere la questione?»

Lerner sbuffò e si appoggiò alla parete. Dalla tasca della giacca estrasse una sigaretta e se la mise in bocca. «*Stavo cercando di dirti altro, ma sei più cocciuto del mulo di mia nonna. Interessante, questo tuo piano. Ti copro le spalle mentre tu provi a esorcizzare il demone. Bell'idea. Come cercare di togliere l'acqua con un secchiello dal Titanic, ma mi piace lo stesso. Proviamoci. L'alternativa sarebbe restare qui a fare conversazione fino alla fine, ma non sei molto di compagnia.*»

Il tabacco si accese e il mio assistente aspirò una lunga boccata. Capivo cosa mi stava dicendo, ma non era davvero il momento di perdersi in considerazioni sulla fragilità umana. Se davvero avevo condotto l'esistenza di un automa per gran parte della mia vita, non avrebbe avuto senso cercare di cambiare negli ultimi minuti. Sarei morto come avevo vissuto: tentando di vincere sul lato oscuro.

«Ho però una richiesta sul brano», continuò Lerner, guardandomi con un'espressione sorniona. *«Che ne dici di partire dalla fine e di intonare il* Canto di Sant'Agostino?*»*

Era un esorcismo che avevo utilizzato solo una volta, per esercitarmi. Era una combinazione di frasi molto difficili e apparentemente slegate tra loro, in cui si mischiavano espressioni in latino, greco antico, aramaico e qualche termine nel linguaggio della magia. Secondo le testimonianze che mi avevano spinto a raccogliere quella formula in particolare, il rituale sarebbe risultato intollerabile a qualunque essere proveniente dal mondo infernale e al tempo stesso avrebbe esercitato una spinta incredibile a tornare tra le fiamme. L'ambiente circostante sarebbe stato benedetto al contempo dalle forze celestiali – posto che fossero in ascolto al momento dell'evocazione – liberando una volta per tutte l'area da spiriti maligni. Il problema sarebbe sorto soprattutto al momento iniziale dell'esorcismo, quando la volontà del purificatore si sarebbe scontrata con quella del demone. La furia dell'entità sarebbe stata massima, motivo per cui avevo bisogno dell'assistenza puntuale di Lerner. E non sapevo se fosse forte abbastanza.

Il nemico presentava degli aspetti nuovi e anche l'espletamento di un rituale presentava delle variabili insidiose.

«A te il privilegio di iniziare», dissi.

«Cercherò di realizzare un circolo più interno rispetto alle schifezze che hai fatto tu», rispose. *«Quanto scommetti che sarà l'unica barriera a resistere?»*

Sorrisi appena, incapace di farmi contagiare dal buonumore nervoso di Lerner. Volevo solo cominciare e sbrigarmi. Quell'attesa mi stava uccidendo. Le tenebre pressavano intorno al circolo di protezione e temevo di vederlo naufragare in quell'oceano di nero da un momento all'altro.

Il mio assistente aspirò fumo fino a consumare metà sigaretta in un colpo solo, quindi schiacciò il mozzicone sotto il piede e si sfregò le mani. Un lieve chiarore si diffuse dalla superficie dello specchio, spandendosi nell'aria. Lo sforzo di Lerner per influenzare il mondo reale era supremo e in quel momento fui contento di avergli permesso di nutrirsi, nel parco.

Come aveva preannunciato, la luce andò a formare un cerchio più interno rispetto a quelli tracciati con il mio sangue. Ora mi sembrava di non avere più neanche spazio per muovermi. Ed era così: se potevo attraversare senza conseguenze la difesa creata da me, non poteva dirsi lo stesso di quella eretta da Lerner. Infrangerla significava abbatterla.

Detto da qualcuno che ha passato molto tempo in catapecchie abbandonate e polverose può sembrare strano, ma ho sempre sofferto di una forma lieve di claustrofobia. Sapendo di non potermi muovere, sentivo il cuore accelerare. Per fortuna avevo altro a cui pensare, come pronunciare correttamente la formula.

Aprii il libro e lo inclinai verso il basso, in modo che il lucore fornito dallo specchio mi aiutasse a distinguere i caratteri. Mi sembrava di vedere Priscilla osservarmi attraverso le tenebre, seguendo ogni mio movimento. Le stavo facendo del male un'ultima volta, anche se naturalmente non era davvero mia sorella e non era mai stata lì. È strano come certi pensieri però arrivino lo stesso alla mente di un uomo nei momenti di maggior pericolo.

«Ora stai per imparare qualcosa che la tua razza non potrà mai eseguire», dichiarai, sperando di suonare minaccioso. Non parlavo per sprezzo del pericolo: incrinare di poco la volontà del nemico sarebbe servito a qualcosa.

Mi rispose una risata grottesca e il volto di Priscilla tornò a fissarmi dal buio oltre le difese. Il viso era meno definito rispetto a poco prima. La ferita causata dalla lama doveva bruciare ancora nella non-anima dell'entità.

«Pensi davvero di riuscirci?» mi domandò, la voce sibilante come quella di un serpente. *«Sarebbe come cacciare una parte di te. Non puoi farlo come non potresti tagliarti una gamba e continuare a vivere.»*

Sorrisi. «Questo lo vedremo. Stai solo cercando di fare quello che farei io. Minare la mia sicurezza. Ma non funzionerà. Sei solo la mia ombra. Basterà un raggio di sole per spazzarti via.»

Non aspettai una replica. Con il tono di voce più saldo che riuscii a trovare, cominciai a recitare l'incipit dell'esorcismo.

Non ci volle molto prima che l'entità realizzasse cosa stessi tentando di fare e decidesse di reagire. Un forte vento si scagliò contro di me, con un'intensità devastante. Dovetti reggere il volume con tutte e due le mani per evitare che mi venisse strappato via. Continuai con il rituale, sapendo di essere solo all'inizio. Fino a quel momento non avevo sbagliato nulla e contavo di procedere in quel modo. Riuscivo a ignorare le lamentele di Lerner e la rabbia della presenza che si accaniva contro di me, sussurrando oscenità irripetibili nelle tenebre. Intuii a livello inconscio che finalmente il nemico cominciava a comportarsi come gli altri della sua razza. Forse ero sulla strada giusta.

Il cuore mi si bloccò nel petto quando vidi il cerchio più esterno brillare con maggiore forza per un momento e poi spegnersi del tutto. La prima linea difensiva era stata abbattuta. Alzai il tono della voce, rendendo la recitazione più imponente. Ero ormai arrivato alla seconda pagina della formula, quella in cui si chiudeva la richiesta d'intervento da parte degli spiriti celesti. Il resto dipendeva dalla loro disponibilità all'ascolto, dalla loro forza e dalla determinazione con cui avrei eseguito la parte centrale del rito.

Il vento si abbatté su di me con ancora più intensità. Sembrava che spingesse le parole all'indietro, giù lungo le scale e fuori dalla porta d'ingresso, dove non avrebbero potuto causare danni. La paura di non riuscire era forte, ma non per questo esitai. La relegai in un angolo della mente, tenendola sotto controllo. Se fossi sopravvissuto a quella sfida avrei avuto tutto il tempo per essere spaventato.

La seconda fase del rituale era quella più difficile perché si rivolgeva direttamente all'entità che mi minacciava. Sarebbe bastato pronunciare in modo errato un solo termine per spezzare l'influenza esercitata dalla formula. Mi accorsi solo a metà della prima frase che ormai stavo gridando mentre il volto distorto di Priscilla sghignazzava dalle tenebre circostanti.

«Mi piace questa tua canzone», sibilò insieme al vento che spirava intorno a lei. *«Sei diventato più intonato con il passare del tempo, fratellino.»*

Il secondo circolo di protezione svanì nel nulla quando ormai ero a metà della seconda fase. Il buio non sembrava affatto intenzionato a indietreggiare e, anzi, sembrava sempre più pressante. L'ultima barriera tra me e il nemico era quella eretta da Lerner. Non avevo alcun controllo su di essa. Sapevo che le prime due difese erano state spazzate via troppo presto: non sarei mai riuscito ad arrivare alla fine dell'esorcismo. Peggio ancora, non stava avendo effetto.

Ormai era tardi per tirarsi indietro. Era stata solo l'ennesima idea sbagliata in un turbine di errori che avevo commesso dal principio. Continuai a recitare, pur sentendo di aver perso molto della carica iniziale. Arrivato a quel punto avrei dovuto udire lo spirito maligno gridare per la sofferenza ma la verità era ben diversa. Non era lo spettro di un essere umano, ma non era neanche un demone vero e proprio. Non avevo idea di cosa avessi davanti. Sapevo solo che mi avrebbe ucciso e che poi si sarebbe nutrito – o impadronito – della mia anima, come aveva già annunciato.

«Non ci sto riuscendo», gridò il mio assistente, riuscendo a superare il soffio del vento e la mia voce. *«È troppo potente. Non so come faccia, ma non ho mai incontrato niente del genere. Sto per mollare la difesa esterna.»*

Il rituale era inutile. Chiusi il volume quando ormai ero arrivato al termine del secondo passaggio. Lo rimisi nella giacca, resistendo alla tentazione di scagliarlo a terra. Magari sarebbe servito a qualcun altro. Qualcuno meno ingenuo di me.

Sollevai invece lo specchio, deciso a liberare il mio assistente. Essendo incorporeo, forse sarebbe riuscito ad allontanarsi prima di essere risucchiato da quel turbine di oscurità.

«Che diavolo stai facendo? Ti pare il caso di tirare i remi in barca proprio ora?»

«Sto spezzando il sortilegio che ti tiene legato allo specchio. Sei stato un compagno fedele in molte avventure. Mi piacerebbe che tu avessi una possibilità di salvezza.»

«Non dire cazzate, Kiesel. Non mollare adesso, forse abbiamo una possibilità. Hai ancora abbastanza palle per tentare di dormire?»

Non capivo cosa intendesse. Anche se mi fossi addormentato, mi sarei sempre trovato nella villa infestata. Anzi, avrei reso più facile al nemico il compito di nutrirsi del mio spirito.

«Devi entrare nello specchio, dannazione. È un altro piano

d'esistenza e, se siamo fortunati, al nemico apparirà come l'esterno della casa. Per individuarci dovrà faticare parecchio.»

La difesa formata da Lerner stava iniziando a dissolversi, era evidente. Il piano del mio assistente era folle e riuscivo a vedere almeno diverse falle in quella sua scialuppa di salvataggio. Al tempo stesso non avevo davvero altre opzioni se non quella di rimanere fermo e arrendermi.

Mi sedetti a gambe incrociate, deciso a tentare il tutto per tutto una seconda volta, ignorando la coscienza che gridava di non cedere a un'idea simile. Non ci sarebbe stata alcuna certezza di tornare indietro e, anzi, quasi sicuramente mi sarei trovato a far compagnia a Lerner all'interno della cornice d'ottone, mentre il mio corpo rimaneva in stato vegetativo fino all'ultimo respiro.

«Sbrigati, dannazione. Non avrai paura di entrare nello specchio? Io ci sto da quasi mezzo secolo e non ho mai avuto problemi.»

Cominciai con gli esercizi di respirazione, chiudendo gli occhi. Non avevo più bisogno di seguire con lo sguardo la difesa eretta da Lerner: si sarebbe spenta da un momento all'altro. Presto le mie spoglie mortali sarebbero crollate al di là del circolo. Dovevo contare sul fatto che non fossero di alcuna utilità per l'entità da cui stavamo fuggendo.

Da cui *stavo* fuggendo.

Lo scopo del mio assistente poteva essere diverso e avrei dovuto testare la sua lealtà chiudendomi nella sua stessa gabbia. Forse il mio era l'ultimo spirito che gli serviva per guadagnarsi la libertà una volta per tutte. Non poteva rischiare di perderlo di fronte all'entità che mi stava minacciando.

Ma no. Non aveva senso. Dopotutto mi ero appena offerto di liberarlo, giusto?

Mi trovai a fluttuare sul pavimento. Sotto di me, il mio corpo era scivolato all'indietro, continuando a dormire. Le tenebre non lo degnarono di attenzioni e questo almeno mi diede un momentaneo sollievo.

Quindi mi sentii risucchiare verso lo specchio a terra. Prima che potessi ripensarci, fui travolto da un turbine di luci che mi trasportò all'interno di quello strano mondo.

Ero appena passato da un luogo di prigionia a un altro.

DIECI

S e non avessi saputo di essere in un posto irreale, avrei pensato di trovarmi nel mondo che conoscevo. La sensazione non era più quella di essere immateriale, al contrario mi sembrava di aver riacquistato da un momento all'altro tutti i miei sensi. Me ne accorsi quando fui accolto dall'odore di chiuso e marcio che permeava la stanza nella personale versione di Lerner della soffitta. Pur essendo un'area decrepita e malridotta, non sembrava affatto minacciosa come l'avevo vissuta fino a pochi secondi prima. La luce del sole filtrava attraverso le imposte fatiscenti, anche se era una luminosità malata, quella di un astro morente.

E il mio assistente per la prima volta era proprio davanti a me, sorridendo come se stesse per abbracciare un fratello che non vedeva da tempo. Era ancora vestito da cerimonia, anche se per la prima volta mi sembrava *vivo*. Sapevo che dipendeva solo dai punti di vista. Ero che io che avevo pericolosamente mosso un passo verso la morte, e non il contrario.

«So che non sei tipo da smancerie, ma è davvero un piacere vederti, Kiesel.» Lerner alzò il braccio davanti a sé e il volto si contrasse nel ghigno che conoscevo bene. «Una stretta di mano?»

Gli strinsi appena le dita, non osando lasciar perdurare quel contatto. Notai con una certa sorpresa che anche il mio riflesso indossava i guanti. Mi chiesi cosa sarebbe cambiato se avessi deciso di sfilarli. Mi era capitato di viaggiare nella dimensione astrale ma spesso mi ero limitato a utilizzarla per i miei scopi. In quel momento invece mi avrebbe fatto comodo uno studio approfondito sull'intero fenomeno. Non solo avevo ancora gli stessi vestiti, ma contenevano anche la copia degli oggetti all'interno delle tasche. Avrei persino potuto tentare un nuovo esorcismo, se avessi voluto. E se fosse servito a qualcosa.

In compenso avevo ancora il coltello. Se Lerner avesse tentato qualche gesto sconsiderato avrei avuto qualcosa con cui difendermi.

«Riesci a vedere la situazione all'esterno?» domandai.

Il mio assistente scoppiò a ridere. «Dipende cosa intendi per *esterno*. Se ti riferisci allo spazio che circonda la casa non hai che da scendere le scale e controllare di persona. Se invece stai parlando del mondo al di là dello specchio, be' è ancora alle tue spalle.»

Mi voltai e mi ritrovai a fissare un vortice di tenebre. Emetteva un leggero ronzio. In quel mare di oscurità mi sembrava di notare delle dita gigantesche e, ancora più lontano, il volto inferocito di Priscilla.

Quella era la prospettiva di Lerner. Quindi l'assistente schioccò le dita e il vortice scomparve. Mi girai di nuovo verso di lui.

«Forse è meglio che ci metta del mio per impedire al bastardo di correrci dietro. Lo farà ugualmente, sia chiaro, ma ho un piano a prova di bomba. Prima non ho fatto in tempo a spiegartelo per bene.»

«Sarebbe?» Ero ancora diffidente di fronte a quel cambiamento. Era facile fidarsi di Lerner quando ero io ad avere il controllo della situazione. Ora mi trovavo a dipendere da lui. Era il suo mondo, di conseguenza bisognava seguire il *suo* piano d'azione.

«In questo momento la mia barriera è ancora attiva. Quando si infrangerà, il nostro amico vorrà continuare a giocare con noi. Ignorerà il tuo corpo perché già ha capito che il padrone non è in casa. Scoprirà presto che siamo qui dentro.» Allargò le braccia, quasi orgoglioso dello spazio che mi stava presentando. «Quello che non sa – e di cui forse neanche tu sei al corrente, Maestro – è che non viviamo in un mero riflesso della realtà. Tutti i luoghi che lo specchio ha visitato sono qui dentro. Magistralmente reinterpretati dal sottoscritto.» Accentuò l'ultima frase con un inchino, facendo finta di togliersi un cappello inesistente.

«Quindi l'esterno di questa casa», continuai, «per il demone sarebbe come l'esterno della villa vera e propria. E lui non ha ancora abbastanza potere per influenzare l'area intorno alla costruzione. È questo il tuo piano?»

«Già. E poi ho qualche freccia al mio arco una volta che si spingerà troppo distante dal suo epicentro.»

Epicentro. A livello istintivo il mio assistente stava considerando nel modo corretto il nostro avversario, riducendolo a una sorta di fenomeno naturale come un terremoto o un'alluvione.

Le pareti cominciarono a tremare, segno che l'avversario doveva aver oltrepassato la difesa di Lerner e si stava avvicinando allo specchio. Il piano del mio assistente aveva solo un'enorme falla. «E se decidesse di spezzare lo specchio? Non potrebbe nutrirsi di noi comunque? Fino a questo momento ha divorato ogni *oggetto*.»

«Già ma nessuna icona di quelle portate da te aveva all'interno un vero e proprio mondo da esplorare. Potrebbe consumare la cornice, scagliare il vetro contro la parete fino a trasformarlo in migliaia di frammenti. E noi saremmo ancora al sicuro in una di quelle schegge. Potrebbe ridurle in polvere, certo, ma noi ci saremmo allontanati ancora di più, arrivando a nasconderci anche in un singolo granello residuo. No, se vuole essere certo di portarsi a casa la cena, dovrà entrare qui con noi. E sono abbastanza sicuro che è quel che farà.»

Il tremore dei muri stava diventando sempre più intenso, come se la casa stesse già per crollare. Lerner indicò le scale e mi fece segno di seguirlo. Dovevamo iniziare a fare da esca.

Ci precipitammo giù per la rampa metallica, qui in versione pulita e stabile, e quindi fino al piano terra. Un tonfo dall'alto ci avvertì dell'arrivo dell'entità anche nell'universo di Lerner. Il mio assistente si lasciò andare a una risata sguaiata mentre raggiungeva la porta d'ingresso e la spalancava. La tenne aperta per me mentre raggiungevo l'esterno e mi ritrovavo sulla terra brulla. Non mi fermai ad ammirare il panorama ma corsi verso il cancello esterno o ciò che ne rimaneva. Una volta lì mi resi conto che anche il bosco non c'era più, come se fosse stato consumato dal più violento incendio di tutti i tempi. Era un campo sterminato di alberi secchi e carbonizzati che protendevano verso l'alto i rami scuri e affilati. Lerner fu presto al mio fianco e mi tirò la manica, spingendomi a guardare di nuovo verso la villa.

Per quanto strano possa sembrare detto da me, quasi non credetti ai miei occhi. Dei giganteschi tentacoli fatti di fumo fuoriuscivano da ogni finestra, allungandosi per qualche metro nell'aria solo per poi dissolversi, forse a causa della luce del sole. Ciononostante continuavano a formarsi e a tentare di guadagnare terreno.

«Lo abbiamo fatto incazzare di brutto, Kiesel. Contento?»

«Non ne sono sicuro», risposi. Mi sentivo strano. Era come essere in un corpo materiale pur avendo la consapevolezza del contrario. I contorni degli oggetti continuavano a sfuggirmi, come se si formassero solo quando posavo i miei occhi su di essi. Era la realtà ad adattarsi al mio essere e non il contrario. «Cosa facciamo, adesso?»

«Le esche», rispose Lerner. «Aspettiamo che ci individui, attiriamo la sua attenzione e lo facciamo allontanare. Poi potrai ricominciare a recitare le tue preghiere e vedere se funzionano. Anche se tenterei con un assalto all'arma bianca.» Non mi diede il tempo di replicare, si aggrappò a ciò che restava del cancello arrugginito e, scuotendolo come una scimmia in gabbia, gridò: «Ehi, testa di cazzo. Siamo qui. Non sei così veloce fuori dal tuo mondo, vero? Be', prova a starci dietro.»

Mi sembrava una trovata ridicola quella di provocare l'avversario ma funzionò. I tentacoli di fumo si distesero nella nostra direzione. Poi la pressione esercitata sulle pareti fece esplodere la costruzione. La deflagrazione fu assordante e d'istinto mi abbassai, sperando di evitare l'impatto di calcinacci, frammenti di vetro e altri detriti. Sentii in mezzo a quel baccano che il mio assistente rideva in modo sguaiato. Niente arrivò a sfiorarci e, quando ebbi il coraggio di alzare il capo, mi resi conto del motivo. La massa di oscurità stava ancora facendo a pezzi la villa, ma le parti scagliate in aria – per quanto massicce – perdevano consistenza dopo pochi metri, per svanire del tutto prima di toccare i confini della proprietà.

«Stai giocando a casa mia, idiota», urlò Lerner. «E sei troppo stupido per capire che le regole sono cambiate. Dovrai faticare un bel po' per prenderci.»

Mi rimisi in piedi e il mio assistente mi diede una pacca sulla spalla.

«Ora preparati a correre. Credo abbia abboccato.»

Mi voltai verso il bosco e notai che le radici scure di quegli alberi rinsecchiti avevano invaso il sentiero. Ora sembrava uno spazio tutto uguale a se stesso, senza la possibilità di orientarsi. Senza di Lerner sarei stato perso. Forse era quella la vera stranezza: la coscienza di sapere di non essere più in grado di difendermi da solo. Non c'erano spiriti nel mondo dello specchio se non quelli divorati dall'entità che infestava la superficie riflettente. Ero uno straniero in terra straniera: allontanandomi dal punto d'origine non sarei mai stato capace di tornare indietro. Le armi che avevo con me non mi erano mai sembrate tanto inutili.

«Non aver paura, Maestro. Per tanti anni mi hai nutrito e hai mantenuto viva la mia mente. Non ho la minima intenzione di tradirti ora.»

«Non credo tu voglia tradirmi.»

Lerner sorrise. «È solo che non ti piace non avere il controllo totale della situazione, lo so.»

La presenza nel frattempo aveva smesso di accanirsi sulla costruzione fantasma e ora stava strisciando verso di noi, muovendosi come una gigantesca forma di vita unicellulare. Eppure sapevo che al centro di quella bizzarra entità c'era una volontà fin troppo determinata e ricca di malvagia intelligenza. Aveva appreso da me, il cambiamento esteriore di sicuro non aveva intaccato l'esperienza che le avevo trasmesso.

Lerner si spostò all'indietro, ancora divertito. Se la mia insicurezza era aumentata dal momento del passaggio, il mio assistente sembrava essersi galvanizzato. Da un lato riuscivo a comprenderlo: dopo anni e anni passati in solitudine a osservare dallo specchio un mondo che non poteva toccare, ora era riuscito a far arrivare un pezzo di realtà a casa sua. Una ben piccola vittoria per una esistenza misera.

«Andiamo, Kiesel», mi disse, indicandomi i tronchi contorti alle nostre spalle. «Se restiamo qui è tutto inutile.»

Mi sembrava di udire l'oscurità sussurrare e preferii seguire Lerner nel bosco spettrale piuttosto che restare ad ascoltarla.

Correre in quelle condizioni era una stranezza che si andava ad aggiungere al vasto campionario raccolto fino a quel momento. Di solito, almeno quando ero in forma astrale, fluttuavo sul terreno o ero capace di teletrasportarmi dove volevo. Lì invece era come procedere davvero tra gli alberi, rimanendo sempre a una velocità più lenta di quanto mi sarei aspettato. I piedi sembravano poggiare su una massa fangosa che li tratteneva, impedendomi di sfrecciare alla massima potenza. Era una sensazione abbastanza simile a quando nei sogni si prova a fuggire da una minaccia, ma non si riesce a muovere un passo. Mi consolava sapere che nel mondo di Lerner lo stesso effetto doveva avvenire con l'inseguitore dietro di noi. Ed era ancora più bizzarro continuare a vedere i contorni dei rami diventare vividi sempre con un attimo di ritardo rispetto a quando posavo lo sguardo su di essi. In compenso non sentivo la stanchezza. Doveva essere passata almeno mezz'ora da quando avevamo lasciato le rovine della villa dei Guidi e non avvertivo nulla. Avrei potuto continuare quella marcia forzata per sempre.

Lerner si fermò, da un momento all'altro. «Okay, siamo abbastanza lontani. Possiamo preparare la trappola.»

«Cosa hai in mente?» replicai, voltandomi indietro. Non riuscii a distinguere altro che rami contorti. Eppure sentivo che il nemico era sulle nostre tracce. Mi sembrava di percepire le vibrazioni dei suoi spostamenti nel terreno.

«Il paese non dovrebbe essere lontano», osservai.

«Ho cambiato un po' la geografia. Nel mio mondo non esiste più alcun paese.» Ridacchiò. «E ora sei pronto a dare a questo stronzo ciò che gli spetta?»

Annuii. «Certo, anche se preferirei sapere qual è il piano.»

«Di solito tu mi metti al corrente del piano soltanto quando ti fa comodo. Perché non dovrei fare la stessa cosa?»

Mi passai una mano sul viso. «Non è questo il momento di mettersi a fare ripicche, non trovi?»

«*Ripicche*», ripeté Lerner e scoppiò a ridere.

Istintivamente tornai a rivolgermi al mio assistente. Per un istante avevo temuto di trovarmi di fronte al mio doppio o al viso distorto di Priscilla. La paura di essere solo caduto in un altro inganno era fortissima. Ma davanti avevo ancora Lerner. Solo che si ergeva sull'orlo di una fossa gigantesca che sembrava pronta a inghiottire il bosco intero. Nel punto più lontano doveva essere profonda una cinquantina di metri e la luce del giorno riusciva appena a sfiorarlo. Arrivava, a occhio e croce, almeno a duecento metri di lunghezza. L'aspetto era quello di un lago che si fosse appena prosciugato.

«Allora qual è il piano?» domandai.

Il mio assistente fece spallucce. «Rimani fermo qui e aspetta l'arrivo del bastardo. Per lui la terra sarà solida come sempre... fino a quando non precipiterà. A quel punto lo colpiremo con tutto il nostro arsenale. Hai qualche incantesimo ancora a tua disposizione, giusto?»

Annuii.

«Allora non ci sono problemi. Anch'io ho un trucco o due. Sarà come catturare un grosso elefante. Una volta ho partecipato a una battuta di caccia, quando ero vivo. Te ne ho mai parlato?»

«No», risposi, «e hai fatto bene a non raccontarmelo. Sai come la penso sulla caccia.»

«Lo so, Kiesel. Ma questo non è un vero elefante. È solo un demone. E sta arrivando.»

Lo sentivo anche io, ormai il terreno tremava davvero. E da un momento all'altro la fossa fu sostituita di nuovo dalla terra. I contorni del lago prosciugato furono visibili per qualche istante, in quello strano modo in cui gli oggetti mi apparivano nel mondo di Lerner, quindi l'anomalia cessò.

«Tieniti pronto», disse il mio assistente, sparendo nel nulla.

Dovevo restare solo ad affrontare l'avversario. Dubitavo che il piano di Lerner fosse solo quello di far cadere l'entità in una buca. Di certo qualche trappola di tipo spirituale attendeva chiunque fosse precipitato in quell'abisso. E subito dopo il mio assistente avrebbe scagliato un altro assalto. Toccava anche a me fare la mia parte. Ero stremato e potevo fare affidamento solo sulla mia mente. Tuttavia c'era ancora qualcosa che avrebbe potuto aiutarmi.

Estrassi il coltello, continuando a ignorare il tremore sotto i piedi. Era come se un esercito intero stesse marciando nella mia direzione. Mi ripetei che non era una lama ma solo una versione eterea della stessa. E come sarei stato in grado di modificare almeno un po' il mio aspetto – e di conseguenza la mia sostanza – sarei riuscito a fare lo stesso con quell'arma.

Riportai alla mente un incantesimo di manipolazione. Il ricordo mi fece sorridere. Mi era stato insegnato da una ragazza di venticinque anni che avevo conosciuto nel corso di una purificazione in Svezia. Il lavoro in sé era stato un gioco da ragazzi ma le tecniche di Patricia, un'irlandese che si era trasferita in Scandinavia per sposarsi, erano state utilissime. Lavorava come addestratrice di sogni per persone con disturbi del sonno. Era stata lei a insegnarmi come plasmare la realtà quando ero in forma eterea. Stando a lei, e fino a quel momento non avevo mai avuto prove del contrario, l'importante era avere le idee chiare e non strafare. Era una persona concreta quanto me, anche se dotata di uno spiccato senso dell'umorismo.

Cacciai quelle memorie piacevoli e mi concentrai. Se la tecnica era di Patricia, la formula di sintesi del sortilegio era mia, e la custodivo gelosamente. L'avrei utilizzata solo come merce di scambio per un'altra conoscenza che avrebbe potuto farmi comodo. Un nuovo incantesimo era una delle monete più forti nel mio campo. Mi dispiaceva pensare che, se fossi morto in quel bosco spettrale, la mia formula sarebbe andata persa per sempre.

Focalizzai la lama e chiusi gli occhi, continuando a vederla con la mente. Lasciai che il metallo si sciogliesse e scivolasse in avanti, diventando liquido pur continuando a rimanere unito all'impugnatura. Il ferro ormai squagliato aveva formato una frusta lunga circa tre metri che mandava bagliori dorati e argentei. Spostai la mano, sentendo quella strana arma bruciare la terra al solo contatto. Mi assicurai di aver visualizzato al meglio la frusta e quindi tornai a farla apparire com'era sempre stata, sapendo che ora era il pugnale a essere un'illusione.

Aprii gli occhi, giusto in tempo per vedere una forma umanoide procedere verso di me in lontananza. Anche da quella distanza riuscivo a riconoscere le fattezze di mia sorella. Era un trucco che cominciava a stancarmi. Se l'entità lo stava usando di nuovo voleva dire che le carte a sua disposizione stavano terminando. In fondo, anche per l'avversario quella era una dimensione nuova e minacciosa. Solo il cieco odio che provava per me l'aveva spinto tanto lontano dal luogo infestato.

«Aiuto», chiamò la voce di Priscilla.

Sollevai il pugnale. Sarebbe stato l'unico gesto di saluto che avrebbe ricevuto.

Quindi il suolo scomparve da sotto i suoi piedi, ma non fu una ragazza a cadere nella fossa. La massa d'oscurità che aveva già distrutto la casa scivolò verso il basso, tentando con i tentacoli di fumo di aggrapparsi alle pareti scoscese, senza successo. Un urlo disumano riempì l'ambiente, misto alla risata divertita di Lerner, che doveva essere nascosto da qualche parte nei dintorni.

Il seguito accadde così velocemente che faccio fatica a rimettere insieme i dettagli. Immaginai di essere troppo lontano per colpire il nemico. Un attimo dopo averlo pensato, però, mi ritrovai esattamente sul bordo del punto in cui l'entità era precipitata. Feci appena in tempo ad affacciarmi che una grandinata violentissima si abbatté nel baratro davanti a me, ricoprendo le tenebre di una fitta coltre bianca. I frammenti di ghiaccio sferzavano anche me, ma passavano attraverso il mio corpo, senza sortire effetto. Non persi tempo a meravigliarmi e sollevai il coltello, questa volta nella forma di una frusta. Colpii verso il basso e vidi il fumo fatto a brandelli dalla scudisciata metallica. Le urla di dolore si fecero ancora più acute. Per un istante. Il secondo successivo erano ovattate, come se mi trovassi davvero in un sogno. Un tentacolo si alzò, cercando di ghermirmi, ma fui lesto a reagire. Lo tranciai in due con una frustata e la parte staccata dal corpo principale fluttuò nell'aria per qualche attimo prima di essere inghiottita dalla grandine.

«Ora ci divertiamo!» gridò Lerner, mentre la terra riprendeva a tremare.

Sferrai un colpo e un altro ancora. Il terzo andò a vuoto, quando una radice si frappose tra me e il bersaglio. Feci appena in tempo ad alzare gli occhi per vedere altre radici spuntare dai bordi della fossa per ricoprire il nemico. Sembravano spaventosi serpenti di legno. Alcuni istanti dopo i chicchi di ghiaccio si diradarono: ormai l'entità era prigioniera di un intreccio creato dagli alberi. Ovviamente le radici non potevano essere così lunghe ma ci trovavamo nel mondo del mio assistente e non avrei dovuto sorprendermi. Il terreno cominciò a spostarsi in avanti e dovetti fare un passo indietro per non essere travolto e precipitare tra le spire del nemico.

Una mano mi si posò sulla spalla e, quando mi voltai, vidi

Lerner al mio fianco. Sorrideva ancora, ma adesso aveva un'espressione ferina sulla faccia. Gli occhi brillavano mentre si spostavano sulla creatura che ululava contro quel cielo vuoto e grigio.

«Sono affamato, Maestro», disse, «e sono sicuro che tu non voglia assistere a quanto seguirà. Torna verso la casa. Ti raggiungerò molto presto. Usciremo insieme dallo specchio, vedrai.»

«Non ti sei mai nutrito di un demone.» Avrei fatto di tutto per allontanarmi dal mio assistente. Era come trovarsi di fronte a una bestia da preda tenuta a digiuno troppo a lungo.

«Be', non farà male cambiare sapori, di tanto in tanto.»

«Come tornerò indietro?»

Agitò la mano in aria, impaziente. Un sentiero apparve tra gli alberi rinsecchiti, incuneandosi nel bosco. «Vattene, Kiesel. Ho fame.»

Per una volta nella mia esistenza la curiosità non ebbe la meglio. Mi girai e cominciai a correre lungo la via indicata da Lerner, maledicendo la lentezza con cui mi muovevo nella dimensione oltre lo specchio.

CAPITOLO

UNDICI

Continuando a procedere in avanti, mi chiedevo come avrei fatto a ritrovare il passaggio per il mondo reale, posto che la proiezione dell'abitazione fosse stata abbattuta davvero dall'entità. Ancora una volta ero nelle mani di Lerner. Continuavo a reggere la frusta, non sapendo che tipo di minacce avrei potuto incontrare lungo la via. Non tanto per gli spiriti che dimoravano nello specchio, quanto per quelli che avrebbero potuto approfittare dell'apertura del varco. I piani di esistenza sono sempre molto vicini, anche se non ce ne accorgiamo, e basta un'increspatura come quella creata da Lerner perché si generi confusione. Non sarebbe stato inverosimile immaginare di essere riuscito a salvarmi dalla presenza demoniaca solo per cadere vittima di un'altra creatura estranea alla vicenda.

Il percorso andava inerpicandosi e ringraziai quella strana dimensione in cui non ero capace di avvertire la stanchezza. Forse mi sarei sentito provato una volta tornato nel mio corpo, come succede quando si sogna di fare attività fisica e al risveglio si è spossati davvero. In quel caso sarei stato fortunato se fossi riuscito a tornare indietro. La sensazione di stanchezza sarebbe stata la benvenuta.

La salita divenne una vera e propria arrampicata e fui costretto ad aiutarmi con i tronchi e i rami per non perdere il ritmo, già abbastanza blando. Fui ancora una volta contento di indossare i guanti. Già ero sconvolto a sufficienza per volermi sottrarre all'effetto che il tocco diretto con il mondo di Lerner avrebbe avuto sulle mie capacità.

Arrivai in cima al promontorio e guardai in basso. C'era una foschia che avvolgeva la vallata di alberi spogli. Ancora più in là vidi il recinto che avrebbe dovuto circondare la villa dei Guidi. Ora non c'era più alcuna traccia dell'abitazione della famiglia. Al suo posto c'era un cottage che riconobbi subito. Era stato il primo caso che avevo affrontato con Lerner. Eravamo stati chiamati in Trentino proprio per quel motivo: il rifugio era infestato dallo spirito di una ragazzina. A quanto pareva, quella bambina si era persa nei boschi qualche estate prima ed era riuscita a tornare alla casupola solo dopo essere deceduta. Aveva quindi deciso di non abbandonarla più. Era stato allora che avevo scoperto quanta umanità potesse ancora restare in uno spirito. Lerner avrebbe potuto divorarla facilmente ma non lo aveva fatto. *È solo una ragazzina, Maestro*», mi aveva detto una volta che avevamo chiuso lo spettro in un angolo. Ricordo ancora perfettamente gli occhi spauriti e inferociti al tempo stesso, la confusione su quel volto dai tratti delicati. *«E il giorno in cui mi nutrirò di un'anima tanto innocente sarà quello in cui meriterò di bruciare in questo dannato specchio. C'è un posto speciale per gli spiriti come lei, lasciamola andare lì.»*

Non avevo idea del perché il mio assistente avesse scelto proprio quel cottage come rappresentazione del punto di passaggio per il mondo reale. Forse era solo una casualità o forse quella dimensione funzionava come l'inconscio per un essere umano. In quel caso sarebbe stato interessante scoprire cosa significava quel ricordo per Lerner.

Cominciai la discesa, consapevole che i dintorni stavano cambiando rapidamente. Foglie cominciavano a germogliare sui rami e la nebbia si andava diradando mentre il sole splendeva dall'alto del cielo, ora perfettamente celeste. Nel giungere a metà del tragitto, mi accorsi che stavo camminando in un bosco rigoglioso e vivo. Riuscivo persino a sentire la fragranza di fiori selvatici e l'odore pungente della resina. Se non ci fosse stato quel silenzio persistente, avrei persino potuto cedere all'illusione di trovarmi in una località reale. Ma sapevo che non era così e la casa davanti a me lo provava.

Ero ormai a pochi metri dal cancello. Il prato antistante la porta d'ingresso stava ricrescendo davanti ai miei occhi e quando afferrai la sbarra mi trovai a fissare un tappeto verde brillante. La porta del rifugio invece era esattamente come la ricordavo: appena in grado di reggersi sulle ante.

Il mio assistente mi aveva consigliato di andarmene il prima possibile ma l'istinto mi diceva di attendere. C'era qualcosa che non andava e non riuscivo a mettere a fuoco cosa. L'esperienza mi aveva già insegnato a non dubitare delle mie sensazioni, anche in un caso come quello che stavo affrontando.

«Ti sei nutrito, Lerner?» domandai, consapevole che avrebbe dovuto sentirmi. «Cosa succede?»

Mi rispose solo la quiete di quel luogo desolato.

Mi avvicinai all'ingresso, reggendo in alto l'arma, pronto a colpire al minimo segnale di pericolo. Non mi piaceva quel silenzio così come non mi piaceva il cambiamento intorno a me. Se il mondo era mutato perché ora Lerner era pronto per la libertà, allora perché non mi rispondeva?

Recitai una breve formula capace di acuire la vista quando ero in forma eterea, e la ripetei tre volte. Un alone argenteo circondò la frusta ma il resto rimase com'era. Non vi erano spiriti nei dintorni né presenze capaci di aggredirmi. Eppure la sensazione era sempre presente. Se fossi stato nel mio corpo avrei avvertito scariche di adrenalina lungo la schiena.

«Lerner, vecchio pazzo, cosa stai facendo?» gridai.

Appoggiai la mano sulla porta e tirai verso di me. L'interno apparteneva a un'altra abitazione che conoscevo bene. Era un lungo corridoio scuro contenente solo un comò antico su cui poggiavano sculture di valore e altri ninnoli d'argento e oro. Ero stato anche in quella casa e appariva esattamente nello stesso modo in cui l'avevo vista la prima volta. Non mi sarei sorpreso se entrando nella seconda porta alla mia destra avrei trovato il giovane infestato che avevo liberato ormai da dieci anni.

I ricordi di Lerner, intrecciati con i miei, continuavano a seguirmi.

Percorsi due metri nell'ingresso prima di bloccarmi. Avevo capito cosa c'era che non andava, finalmente, quel particolare talmente evidente da risultare quasi invisibile. Lo specchio non aveva mai riflesso il mondo materiale per ciò che era, ma solo una versione distorta e corrosa della realtà. Ora invece mi ritrovavo in uno spazio a me noto, dai contorni ben delineati. Erano posti così familiari che il senso di déjà-vu era impossibile da evitare.

Guardai il mobile e notai come fossero in perfette condizioni le statuette di cristallo e tirate a lucido le sculture in metallo. Presi quella raffigurante un guerriero greco, con lancia e scudo. Secondo il padrone di casa, un professore di storia e filosofia che si era ritrovato il figlio posseduto dagli spiriti dei defunti, era stata realizzata nel Settecento da un artista tedesco appassionato di antichità. Sfiorai gli intarsi nello scudo. Nel mondo di Lerner niente avrebbe mantenuto una simile precisione. Tutto sarebbe stato sfatto e consumato dal tempo. Il mio assistente si sarebbe divertito a demolire qualunque oggetto riconducibile al concetto stesso di arte o bellezza.

Rimisi a posto la statuetta, sentendomi sempre più distante da me stesso. La conclusione era semplice per quanto inquietante.

Non era la mente del mio assistente che stava proiettando il mondo nel quale mi muovevo.

Era la *mia*.

Continuai a percorrere il corridoio, continuando a ripetermi che lasciarmi prendere dal panico non sarebbe servito a nulla. Era soltanto una situazione nuova. Se avessi mantenuto il sangue freddo, sarei stato capace di affrontarla al meglio. Mi limitai a rimuovere l'incantesimo che aveva modificato il pugnale, facendolo tornare alla forma originaria: in uno spazio ristretto come quello, una frusta mi sarebbe stata solo d'intralcio. Avrei potuto esplorare tutta la casa, ma sapevo dove sarebbe stato il varco... o qualunque altra cosa avrei dovuto trovare lì dentro. L'idea di essere in trappola era sempre più pressante e avevo la sensazione di non riuscire a respirare. Anche se naturalmente era impossibile. Chi ha bisogno di respirare in forma eterea? Ma il punto non cambiava: se lo specchio cominciava a reagire ai miei ricordi, poteva voler dire che ero *io* l'ospite in quella realtà.

Scacciai il terrore crescente mentre appoggiavo la mano sulla porta. La paura mi avrebbe solo fatto perdere lucidità.

Spinsi in avanti, pronto a tutto.

E mi trovai di nuovo nella soffitta dalla quale ero entrato nel mondo di Lerner. Era in condizioni disastrate, come se un incendio fosse divampato nell'ambiente, rendendo nero il legno delle travi e consumando gli infissi. All'esterno erano calate le tenebre e un vento gelido passava attraverso le finestre, facendomi rabbrividire. Al centro, sospeso a mezz'aria, c'era il passaggio. Era come un'increspatura, attraverso la quale riuscivo a distinguere perfettamente lo spazio al di là. Non riuscivo a crederci ma sembrava che il soffitto della villa dei Guidi fosse stato liberato dal fenomeno di possessione. Non c'era traccia dell'oscurità che vi dimorava. Sembrava solo un ambiente vuoto, dominato da polvere e incuria. A terra, riuscivo a scorgere il mio corpo riverso. Avevo il viso rivolto verso l'alto e gli occhi rovesciati a mostrare il bianco. Respiravo ancora, anche se non placidamente come mi sarei aspettato. Sembrava che fossi alle prese con un sonno tormentato e pieno di incubi. Ero a un passo dalla salvezza, avrei dovuto esserne sicuro, eppure mi trovavo ancora esitante a passare dall'altra parte. La sensazione di pericolo non accennava a diminuire. Di una cosa ero sicuro però: fino a quando non avessi ripreso possesso delle mie membra sarei stato limitato nelle mie capacità. E se in quel momento c'era l'opportunità di tornare indietro avrei dovuto sfruttarla.

Mossi qualche passo in avanti, deciso ad attraversare il varco. Ero già pronto al senso di nausea che mi avrebbe colto una volta che spirito e corpo si fossero riuniti.

Ma non accadde nulla.

Passai attraverso l'increspatura senza ottenere alcun risultato. Ero ancora nella versione distrutta della soffitta. Mi guardai indietro: il passaggio c'era ancora. Avvicinai una mano e mi accorsi che perdeva consistenza. L'illusione di essere ancora in vita svaniva quando il mio essere si approssimava alla realtà concreta.

La verità bruciava. Lerner mi aveva tradito, facendomi allontanare mentre consumava il suo pasto. E ora ero prigioniero della sua stessa dimensione e impossibilitato a tornare nel mio corpo.

Rimasi con gli occhi fissi sul mondo oltre lo specchio, così vicino ma impossibile da raggiungere.

Ma perché mi aveva tradito quando io stesso gli avevo offerto la libertà?

Fu allora che vidi la mia forma mortale mettersi a sedere lentamente. Ecco perché non si era accontentato della mia proposta. Non voleva soltanto la libertà, gli serviva anche un corpo. Persi ogni remora e scattai di nuovo in avanti, tentando di attraversare il passaggio. Come era prevedibile, non ebbi più successo di prima. In compenso notai che la porta da cui ero entrato era stata sostituita da un muro di mattoni. Ero doppiamente prigioniero e le cose stavano per peggiorare ulteriormente. Con un grosso sforzo vidi l'altro me stesso mettersi in piedi, prima facendo presa con una mano sulla parete e quindi barcollando fino alla finestra.

«Lerner, che tu sia maledetto», sibilai. «Non hai preso solo la libertà. Hai preso anche la mia vita.»

Quindi il mio doppio si voltò verso di me – o, meglio, verso lo specchio dove ormai ero imprigionato – e cercò di sorridere, aprendo la bocca a mostrare i denti. Tornò a camminare in modo scomposto nella mia direzione, scomparendo presto dalla mia vista. Aveva lasciato l'oggetto incantato dove era. Ormai non gli serviva più.

Era il momento di tentare il tutto per tutto. Avrei provato a tornare nel mio corpo con l'incantesimo d'emergenza. Non sapevo se avrebbe funzionato attraverso lo specchio, non era mai stato provato niente del genere prima di allora. Non avevo neanche il tempo per ragionare sulle possibili conseguenze, nel caso in cui le cose fossero andate storte... e solo gli spiriti sapevano quanto fossero *già* andate storte. Sapevo soltanto che se Lerner si fosse allontanato abbastanza dall'oggetto, le possibilità di tornare indietro si facevano impossibili.

«Non ti lascerò vincere così facilmente.»

Chiusi gli occhi, lasciando che la concentrazione avesse la meglio sulla rabbia. La formula era semplice e presto mi sentii sollevare da terra. Con un grosso sforzo di volontà impressi il comando di tornare indietro, ignorando l'ondata di panico quando non riuscii a ritrovarmi nel concetto spaziale come lo intendevo. Mi sentii saettare in avanti, segno che almeno un effetto c'era stato. Fui avvolto da un alone di luce e seppi che almeno mi stavo spostando. Non avevo idea se sarei tornato nel mio corpo o avrei continuato a vagare in quel vago universo di luce accecante. Di nuovo il terrore bussò alla porta della mente e ancora una volta riuscii a evitare di invitarlo a prendere possesso del mio raziocinio. Perdere la concentrazione durante l'incantesimo significava condannarsi a morte.

Urlai dal dolore quando ritornai in forma materiale. La nausea era già presente, ma prima ancora c'era una profonda sofferenza fisica. Capii che stavo cadendo in ginocchio, anche se non riuscivo a vedere dove fossi. Ero cieco. Ma non ero solo. C'era una presenza con me, *dentro* di me. Quell'oscurità interiore era soffocante e lottai con tutte le mie forze per liberarmi. Colpii qualcosa con il braccio sinistro, ma non per questo smisi di dimenarmi. Ogni muscolo sembrava pervaso da crampi e riuscivo a malapena a respirare. La gola era stretta da dita invisibili. Eppure non persi neanche un po' della mia determinazione. Perché in quel marasma di dolore avevo riconosciuto le mie membra. Ero tornato di nuovo a essere io. Dovevo solo continuare a battermi per scacciare l'avversario e schiacciarlo una volta per tutte.

È difficile spiegare a parole come funzioni una lotta interna di quella portata perché in quei momenti terribili è come combattere contro una parte di se stessi. Sapevo che l'entità era esterna eppure la percepivo come se fosse una parte di me. Le urla di dolore che mi echeggiavano nel cranio erano le mie, distorte e disumane, ma pur sempre le mie. Strisciando lungo il pavimento, il lato più freddo e calcolatore della mia mente mi ricordò – provocando una lieve ondata di sollievo in quell'oceano di tenebre – che Lerner non avrebbe mai potuto provocare niente del genere. Qualcosa era andato storto dall'altra parte dello specchio e la presenza con cui stavo lottando era la stessa che aveva invaso la casa dei Guidi.

«Che succede?» domandò una voce femminile.

Mi voltai istintivamente in quella direzione e mi sembrò di notare un movimento dietro le ombre. Provai a rispondere a chiunque fosse di allontanarsi, che quello non era un luogo sicuro, ma dalle labbra mi uscì solo un verso inarticolato.

Qualcun altro rispose per me, ma era troppo distante per permettermi di capire chi fosse.

Cercai di allontanarmi. Stare vicino a me in quel momento era come trovarsi spalla a spalla con un kamikaze pronto a farsi esplodere. Non volevo coinvolgere persone innocenti. Non sapevo cosa avrebbe fatto l'avversario una volta costretto ad abbandonare le mie spoglie mortali.

Il punto era che non riuscivo a trovare un appiglio da afferrare per fare forza e avere la meglio. Era come se mi stessi battendo con un'ombra nel buio più completo.

«Che ti è preso?» domandò ancora la donna.

Quell'idiota mi stava seguendo, incurante del mio tentativo di allontanarmi. Mugugnai qualcosa di incoerente e tornai a strisciare lontano dalla voce. Muovermi era faticoso, con tutti i muscoli contratti e le ossa doloranti. Mi sembrava di essere stato inserito in una pressa. Il cuore continuava a pompare sangue, creando un suono pulsante e disturbante che ben si amalgamava al caos interiore. Allora realizzai che forse avrei potuto fare qualcosa per creare un varco tra l'esterno e l'interno. Smisi di procedere in avanti e mi bloccai a terra, continuando a tremare mentre l'entità ululava di giubilo, forse interpretando la mia decisione per una resa.

Be', avrebbe ricevuto una bella sorpresa. Magari non mi conosceva bene come aveva pensato.

Con un enorme sforzo di volontà impartii l'ordine al braccio destro. Fu come cercare di animare un arto fatto di legno, tanto era rigido. Mi stavo indebolendo rapidamente, mi ripetei, e non avevo altra scelta. Provare a concentrarmi in quelle condizioni per lanciare un ultimo incantesimo era fuori discussione. E finalmente avvertii l'impugnatura del coltello tra le dita.

Il grido di euforia del nemico si trasformò in uno di terrore quando si rese conto di cosa avrei fatto. Strinsi la mano. All'inizio cercai di estrarre la lama dalla tasca, ma una forza contrastante mi teneva il braccio immobile. Presi a tremare ancora di più, e sorrisi all'idea che avrei rovinato una delle mie mie camicie preferite e il sorriso si allargò ancora pensando a Lerner che criticava la mia ironia da situazione critica.

Mi dispiace di aver dubitato di te, pensai. *E spero che tu stia bene.* Quindi infilai la punta del pugnale nel tessuto, ma la sentii appena contro la pelle. In compenso mi sembrò che le tenebre si ritirassero e scorsi qualcosa con gli occhi.

Qualcuno mi stava scuotendo per le spalle, ma, pur volendo, non sarei stato in grado di rispondere a quello stimolo. Mi dissi che il dolore non poteva essere peggiore di quello provato fino a quel momento e applicai maggior pressione con la mano. Il metallo incantato tagliò giacca, camicia e si incuneò sotto la pelle. Il dolore fu incandescente e mi fece urlare. Quel lamento fu interrotto a metà e per qualche attimo mi trovai a boccheggiare, suoni strozzati e disarticolati a uscirmi dalla gola, nonostante la sofferenza fosse un sole nero e pronto a divampare ancora di più. L'entità che aveva preso possesso del mio corpo in qualche modo lo aveva anche corrotto e ora il coltello stava avendo effetto su di me come se fossi stato uno spirito maligno.

Sentii qualcosa risalirmi l'esofago. Mai avrei pensato di trovarmi dall'altra parte della barricata, ma era qualcosa che stava *già* accadendo. Mentre il sangue mi imbrattava il fianco – ed ero contento di riuscire a sentire almeno quello – quella massa arrivava fino alla gola. Avvertivo le membra scosse da brividi mentre aprivo la bocca. Un sapore acre che avrei attribuito al bitume mi invase il palato. Quindi rigettai, ignorando il bruciore infernale alla gola mentre mi liberavo dall'ospite indesiderato. Il tutto durò forse pochi secondi, ma a me sembrarono ore.

Aprii gli occhi giusto in tempo per vedere un'ombra svanire verso l'alto.

Mi lasciai cadere a terra, privo di ogni energia. Almeno ero riuscito a vincere una piccola battaglia in quella purificazione che si era trasformata in un disastro. Mi dissi di rialzarmi e di andare a dare la caccia all'entità prima che potesse trovare un rifugio, ma la mia mente ne aveva avuto abbastanza: persi i sensi.

CAPITOLO
DODICI

Mi risvegliai quando sentii delle mani che mi scuotevano. Sapevo di trovarmi nel lato reale della villa dei Guidi, ma ero ancora disorientato.

Quando riuscii a mettere a fuoco, mi trovai davanti il viso preoccupatissimo della signora Guidi. Sgranai gli occhi e feci per dire qualcosa, quando vidi anche suo marito poco distante.

Mi schiarii la gola, avvertendo ancora quel disgustoso sapore sulla lingua. «Che diavolo ci fate qui?» Avevo la gola secca e la voce mi uscì simile al gracchiare di un corvo. «Mi sembrava di essere stato abbastanza chiaro: doveva restare fuori da questa casa.»

Fu il signor Guidi a rispondere, facendosi avanti. Aveva un'espressione che non avrei saputo inquadrare, a metà tra il sospettoso e l'ansioso. «Non abbiamo avuto sue notizie da ventiquattro ore. Siamo venuti a controllare di persona. Non è stato facile trovare il coraggio per arrivare fin qui. Ma a quanto pare abbiamo fatto bene. Le abbiamo appena salvato la vita.»

Mi afflosciai di nuovo al suolo e un'altra fitta di dolore al fianco ferito mi strappò un gemito. In qualche modo ero stato prigioniero dello specchio per più di un giorno. E quei due imbecilli, invece di radere al suolo la villa come avevo ordinato, avevano deciso di venire a dare un'occhiata. E, tanto per dimostrare il loro livello di comprensione, ora si erano convinti di avermi anche aiutato.

«La portiamo fuori di qui», dichiarò ancora Guidi. «Così può raccontarci cosa diavolo è successo. Lontani da questo posto maledetto.»

Con la coda dell'occhio, notai la signora Guidi che si guardava intorno. «Qualcosa però è riuscito a fare. La casa è diversa dall'ultima volta che siamo stati qui. Meno cupa, meno buia. Meno... *minacciosa*.»

Tentai di rimettermi a sedere, ma scoprii di non averne la forza.

«Ora la portiamo fuori», disse la signora Guidi. «Anche al pronto soccorso, se necessario.»

«Un momento», biascicai, ignorando di dire loro che probabilmente non ci sarebbe mai stato concesso di lasciare l'abitazione. «Ho lasciato lo specchio di sopra. Devo andare a recuperarlo.»

L'uomo si voltò di scatto verso di me. «E dove si trova di preciso? Vado a prenderlo io.»

«In soffitta.» Cercai di aggiungere di non andare, ma ero troppo debole ed ebbi un altro calo di pressione. Sentivo i pantaloni zuppi. L'assenza di sensibilità in cui avevo agito doveva avermi portato a ferirmi più a fondo di quanto avrei voluto.

Rimase la signora Guidi con me mentre il marito saliva le scale. I miei sensi erano annebbiati e non riuscivo a capire quanto fosse distante la minaccia. Dovevo aver ferito il nemico, ne ero certo, ma ero anche sicuro di non averlo sconfitto. Dolorante e rabbioso, era ancora nei paraggi, e stava aspettando il momento adatto per colpire. E noi eravamo senza alcuna difesa.

«Aiutami», dissi, stringendo la spalla della donna. Per un attimo riuscii a vedere meglio, prima che tutto divenne di nuovo sfocato.

«Come?» domandò lei.

Difficilmente riuscivo a ricordare di essermi trovato in condizioni peggiori nel corso di una purificazione. Dopo un esorcismo, avevo sempre consigliato al paziente di stare a letto per una settimana, assumere integratori e non pensare a nulla. E io al momento ero più o meno nelle stesse condizioni: l'entità era stata padrona delle mie spoglie per parecchio tempo. Avrei dovuto riposare, dare il tempo alla mia anima di lasciar cicatrizzare le ferite spirituali. Ma la purificazione non era ancora terminata, e adesso mi ritrovavo anche a dover badare ai Guidi. Lerner avrebbe detto che finalmente stavo vivendo davvero quello che mi limitavo a spiegare agli altri.

Pensare al mio assistente mi causò un nuovo moto di debolezza, e di senso di colpa. Non sapevo cosa ne fosse stato di lui. Probabilmente anche Lerner aveva subito il suo contrappasso: dopo anni passati a divorare altri spiriti, adesso era stato divorato a sua volta. Ormai ero solo. Non avevo più neanche la compagnia dei morti. Be', se non fossi riuscito a tornare in piedi, mi sarei unito a lui molto presto.

«Andiamo verso l'uscita», balbettai.

Ogni passo era lento e doloroso, e mi provocava fitte dietro gli occhi. Mi sembrava di essere ancora nel mondo ovattato dentro lo specchio, ogni movimento quasi impercettibile.

«Ho trovato il tuo dannato specchio», disse la voce del signor Guidi dall'alto. Mi voltai nella sua direzione e lo vidi appena, la sagoma circondata da un alone più scuro. «Adesso possiamo portarti in quel pronto soccorso del cazzo o hai altre richieste?»

Da quel che potevo vedere, l'oggetto in cui era rinchiuso Lerner era ancora integro. Non avrei potuto dire lo stesso del mio cliente. L'entità stava esercitando la sua influenza su di lui. Cercai di avvertirlo, ma riuscii appena a biascicare qualche parola.

«Ah, eccolo il grande esorcista. Chiami qualcuno per risolvere un problema e cosa succede?» Il signor Guidi esplose in una risata carica di sarcasmo. «Che poi devi andarlo a salvare? Ma da cosa?» Con un gesto teatrale, indicò il piano superiore, senza mai perdere quel ghigno provocatorio. «Da una casa vuota! Perché qui non c'è assolutamente niente. Niente, cazzo. Perciò mi chiedo... perché diavolo abbiamo assoldato questo genio dell'occulto? No, dico, non dovremo mica *pagarlo*?»

Vidi l'oscurità nei suoi occhi. Parlare con lui non sarebbe servito a nulla. Lo ignorai e spinsi la donna verso l'uscio. Ma lei aveva gli occhi piantati sul marito. «Che ti sta succedendo?»

Aveva la voce spaventata. E io neanche avevo la forza per spiegarle che dovevamo uscire subito da lì, o saremmo morti tutti e due.

«Te lo spiego subito cosa sta succedendo», rispose il signor Guidi, scendendo i primi scalini. «Succede che prima o poi si perde la pazienza. Prima non ti piaceva questa casa, poi hai cominciato a sentire le tue presenze e io ti ho accontentato per tutto il tempo. Sono stato comprensivo, giusto? E alla fine ho chiamato anche questo imbecille tutto pieno di sé per rassicurarti, e adesso guarda in che situazione ci troviamo! Non lo hai visto che si è tagliato da solo, eh? Si è fatto del male con le sue mani per estorcerci altri soldi! Magari tu sei troppo ingenua per rendertene conto, ma io no. E poi mi chiedi che succede. Forse sei stupida quanto lui. Forse faccio male a parlare con te, perché l'unico risultato è che mi incazzo ancora di più.»

La sua furia era come un vortice nero che estendeva i suoi tentacoli fino a me. Non solo l'entità stava prendendo possesso di lui, ma aveva imparato una nuova strategia. Non stava cercando di controllare il suo corpo come aveva fatto con il mio. Fu allora, in quello stato di semi confusione che a volte ti porta a vedere le cose con maggior semplicità, che intuii la natura di quella infestazione. La casa non era mai stata posseduta prima di allora, e questo perché la presenza era molto giovane. Avevo assistito ai primi vagiti di un demone che, come ogni neonato, stava lentamente imparando a usare i suoi poteri. E, come ogni bambino, aveva una riserva di energie incredibile.

«Magari è come dici tu, ma adesso è inutile piangere sul latte versato.» La voce della signora Guidi era perfettamente ragionevole, e mi domandai quante altre volte avesse tentato di far calmare il marito. «Andiamocene da qui. Quest'uomo sarà anche un truffatore, ma questa villa non mi piace. Forse l'unico consiglio decente che ci ha dato è stato proprio di abbattere questo posto.»

«Certo, ottima soluzione, siete davvero due fenomeni, non c'è che dire. Abbiamo una proprietà del valore di duecentomila euro e come pensate di risolvere il problema? Distruggendo tutto.» L'uomo scese altri due scalini, dando una manata contro la parete. L'eco del colpo rimbombò in tutta la casa. «Sul serio, mi stupisce che non ci abbia pensato prima. E allora perché non fare lo stesso con l'auto? Si rompono i freni? La portiamo subito a rottamare. E visto che non sono eterni, che ne dici di organizzare un barbecue per bruciare tutti i nostri risparmi? Mi dici sempre di stare calmo, ma come posso calmarmi se sono costretti a sentire queste stronzate?»

Con uno sforzo estremo, avvicinai le labbra all'orecchio della donna. «Usciamo subito da qui. Non stai più parlando con tuo marito.»

Lei annuì in modo appena percettibile ma gli occhi erano ancora fissi sull'uomo, e colmi di terrore. Conoscevo quel tipo di spavento: ti paralizzava al tuo posto e ti impediva qualunque reazione. Mi stavo aggrappando a lei con la forza della disperazione, ma sentivo che il suo sostegno si faceva meno saldo. Presto sarei crollato a terra.

Il signor Guidi aveva raggiunto gli ultimi scalini e ora era a un paio di passi da noi. Quando si accorse che lo stavo guardando, sogghignò e cominciò a battere il dorso dello specchio sul palmo della mano. Stava per accadere il peggio e non potevo fare niente per impedirlo.

«Perché non ce ne andiamo?» propose la signora Guidi, il tono teso sotto quella finta ragionevolezza. Ma dovevo riconoscerle che almeno ci stava provando. «Ne riparliamo in albergo. Ci ragioniamo con calma. E starò attenta a quel che dico, te lo prometto.»

Ci fu una piccola pausa. Quindi l'uomo sorrise e ripeté: «*Con calma.*» Lasciò cadere l'oggetto a terra, la superficie riflettente rivolta verso l'alto. Quando mi accorsi che dopo l'impatto era ancora integra capii che Lerner c'era ancora. In qualche modo era sopravvissuto all'entità. «Sai quanto odio quando cerchi di rabbonirmi, te l'ho detto prima, ma niente. Continui a ignorarmi. E questa cosa mi rende furioso. Ma sei fortunata. Questo bugiardo pezzo di merda mi fa incazzare molto più di te.»

Gli occhi del signor Guidi non avevano più niente di umano. Erano neri come le tenebre circostanti e inespressivi come quelli di un rettile, ed erano fissi su di me. L'entità gli avrebbe imposto di darmi il colpo di grazia. Ora che aveva un corpo – un corpo che stava imparando a sfruttare al meglio – non aveva più bisogno del mio. E neanche di quello della signora Guidi.

«Lascialo sul pavimento, per favore», ordinò. «Credo non abbia davvero bisogno di andare al pronto soccorso. Non vedi come è ridotto? Faremmo meglio a occuparcene noi. Soluzioni pratiche e veloci.» Le strizzò l'occhio e una lacrima nera gli scese lungo la guancia. «Sono le tue preferite, giuste?»

«Ma che stai dicendo?» domandò la signora Guidi. Ora non c'era più alcuna traccia di ragionevolezza. La voce le tremava, e la donna non aveva potuto farci nulla.

«Perché non fai qualcosa di utile e non vai a prendermi un coltello in cucina?» Poi alzò il capo e finalmente fissò la moglie, un'espressione pensierosa sul volto. «Anzi, fai una cosa, sdraiati anche tu, ne ho abbastanza. Ne ho davvero abbastanza.»

«Cosa?» balbettò ancora la signora Guidi.

Il marito non le diede altro tempo. Scattò in avanti colpendola con un calcio all'addome. La donna fu scagliata all'indietro mentre mi accasciavo a terra, trovando appena la forza per ripararmi con il braccio e non battere la testa contro il pavimento. Mi trovai a pochi centimetri dalla cornice della prigione d'ottone di Lerner.

Mi voltai, giusto in tempo per vedere il signor Guidi che raggiungeva la consorte. La afferrò per il polso mentre lei gemeva qualche parola che non riuscii a comprendere. Ma il senso era chiaro: la poveretta stava semplicemente implorando pietà. Se l'idea di morire io stesso dopo aver commesso tutti quegli errori era in un certo senso accettabile, lo stesso non valeva per una donna innocente che veniva massacrata davanti ai miei occhi. Il signor Guidi cominciò con qualche schiaffo, ma presto gli schiaffi non furono sufficienti e si trasformarono in pugno. Prima la colpì sul volto e la signora Guidi tentò di divincolarsi e allontanarsi strisciando. Fu allora che la stordì con un diretto alla nuca. Il tonfo delle nocche fu mascherato dalla risata di folle divertimento che gli scaturì dalla gola.

La donna si accasciò a terra, continuando a gemere.

Gli occhi neri e senza vita dell'uomo tornarono su di me. «Non preoccuparti, amico mio. Ce n'è anche per te. Dammi solo il tempo di sistemare questa stronza.» Sottolineò l'ultima parola con un calcio sulla spalla della moglie, mandandola a sbattere di nuovo contro la parete. «Questa *troia*.»

In realtà la signora Guidi era a circa mezzo metro dall'uscio. E c'erano buone probabilità che l'entità non la seguisse all'esterno. Se solo fosse stata lucida abbastanza da tentare la fuga, forse sarebbe riuscita a salvarsi. Aprii la bocca, nel tentativo di esortarla a sbrigarsi, ad abbandonare quella nave che affondava, ma le labbra si mossero senza produrre alcun suono. E l'uomo la colpì di nuovo con una pedata, questa volta al centro della schiena. Mi sembrò di sentire i polmoni della donna che si svuotavano.

«Che brutta fine per due paladini della giustizia come noi, non è vero?» domandò una debole voce che proveniva dal basso.

Anche il signor Guidi doveva aver sentito qualcosa perché lo vidi sollevare il capo di scatto, il volto distorto dal sospetto.

Cos'è successo? chiesi a Lerner. In un mondo in cui anche respirare era doloroso, almeno riuscivo a pensare. E, non potendo contrastare l'avversario, almeno desideravo qualche risposta. *Perché è riuscito a batterti? E come ha fatto a prendere possesso del signor Guidi tanto presto?*

«Non ci abbiamo capito niente.» La voce del mio assistente era poco più di un sospiro nella mia mente. *«Se questo mostro è un infante, come giustamente hai pensato prima... be', allora il nostro cliente è il padre. Come poteva non tornare da chi lo ha generato?»*

Le parole di Lerner avevano un senso, e mi sarebbe piaciuto continuare il suo ragionamento, ma la scena davanti a me catturava tutta la mia attenzione. La signora Guidi aveva capito di dover fuggire e basta, ed era persino riuscita ad aggrapparsi allo stipite dell'uscio con le unghie. Il marito, o ciò che era diventato, era già su di lei, pronto a schiacciarla.

«Sei sicuro di non poter fare proprio nulla?»

Lerner e le sue provocazioni. Sapere di non essere solo fu la scossa di cui avevo bisogno. Raccolsi le poche energie residue. «Sei un essere disgustoso», dissi, provando ad alzare la voce. Almeno fu sufficiente a catturare l'attenzione del signor Guidi, perché si fermò e si voltò verso di me. «Sei talmente debole che neanche provi a contrastare l'entità che ti controlla come un burattino quando c'è in gioco la vita di tua moglie.»

La risata con cui mi rispose mi raggelò. «Pensi davvero che abbia bisogno dei tuoi consigli per educare questa stronza?»

La *stronza* in questione però stava facendo forza con le mani per avvicinarsi alla salvezza. Doveva solo sollevarsi, esercitare una leggera pressione sulla maniglia e andarsene per sempre. E in quel momento salvare una singola vita rappresentava un'ancora di salvezza.

«Credo solo che dovremmo parlarne», ribattei. «Tra uomini.» Indicai la donna con un'espressione disgustata. «Perché dovremmo starla a sentire? E poi è con me che ce l'hai, lo hai detto prima. Usciamo da qui e chiariamo questa storia.»

Mosse due passi verso di me, le braccia allargate per l'esasperazione. «E perché dovrei andarmene da qui?Finalmente sono a casa. Non mi sono mai sentito tanto... *bene* in un posto. Peccato sia troppo affollato.» Mi strizzò l'occhio e questa volta un ruscello nero scese dall'orbita arrivando fino alla mascella. «Ma su questo ci sto già lavorando, non trovi?»

«*Lo esorcizziamo?*» domandò Lerner.

Era un'idea ridicola. Non avevo la forza materiale per eseguire il rituale a dovere e poi fino a quel momento niente di quello che avevo provato aveva funzionato. Però magari sarebbe servito a tenerlo impegnato mentre la signora Guidi tornava alla luce del sole. Già. Magari sarei riuscito a salvare quella vita, dopotutto.

Forse se lo facciamo insieme, risposi al mio assistente. *Non sono sicuro di ricordare le parole, al momento.*

«*Per fortuna ho da questa parte una copia del tuo libro. Pensi di riuscire a seguirmi se comincio a recitare la formula? E, prima che mi risponda, sì, la mia è una domanda retorica. Devi riuscirci e basta.»*

Non avevo idea di come Lerner fosse riuscito a replicare il mio tomo degli esorcismi – e il vago pensiero che nella copia potesse esserci qualche errore mi sfiorò la mente – ma non avevo molta scelta.

Facciamolo.

Non riuscivo a udirlo e pensai di togliermi i bracciali di Mercurio per comunicare meglio con il mio assistente. Non avevo più bisogno di una protezione spirituale ora che il nemico aveva una forma fisica. Il senso di frustrazione crebbe quando mi accorsi di non riuscire ad articolare le dita.

Quando Lerner cominciò a recitare le parole del rituale, il signor Guidi torreggiava su di me. Con la coda dell'occhio vidi sua moglie mettersi in ginocchio e fare presa con le mani per alzarsi in piedi. Aveva la camicia sporca di sangue.

Presi a recitare la formula, limitandomi a ripetere le parole di Lerner, che mi scivolavano sempre più fluide sulla lingua.

L'uomo scoppiò a ridere di nuovo. «Non riesco a crederci. Davvero credi che queste idiozie possano funzionare con me? Oppure no. L'ho capito il tuo gioco. Vuoi che mi avvicini per colpirmi a tradimento con il coltello. Be', ho una sorpresa per te. Non credo che succederà. In compenso mi hai dato un'idea. Userò quel coltello per toglierti di mezzo una volta per tutte. Contento?»

Continuai a recitare, e finalmente notai che l'espressione malevola sul volto del signor Guidi si trasformava in una faccia sorpresa. Si avvicinò ancora, ma i movimenti erano di nuovo quelli lenti e impacciati con cui l'entità si era mossa nel nostro primo incontro.

Stava funzionando.

Quasi mi bloccai quando vidi la signora Guidi abbandonare

la porta e voltarsi verso il marito. Solo con un grosso sforzo di volontà evitai di interrompere il rituale per gridarle di allontanarsi da quella proprietà maledetta. La seguii con gli occhi mentre si dirigeva verso il camino e raccoglieva l'attizzatoio. Il signor Guidi era troppo irretito dal rituale per accorgersi di quanto stesse avvenendo intorno a lui e, quando la donna si avvicinò con l'arma improvvisata tra le mani, fu troppo tardi.

«Mi hai toccato per l'ultima volta, pezzo di merda!» Un attimo dopo il ferro appuntito trafiggeva i reni del marito mentre la signora Guidi rilasciava un grido che sapeva di trionfo, liberazione e puro dolore.

Il viso del signor Guidi si trasformò in una maschera d'odio mentre si voltava per fronteggiare la donna che lo aveva tradito. Lei non mollò la presa, spingendo il ferro fino in fondo e costringendo il marito contro la parete. Udii un suono umido mentre l'attizzatoio trapassava il corpo da parte a parte, inchiodando l'uomo al muro come un gigantesco insetto. Non c'era una vera e propria sofferenza nelle sue urla quanto più una rabbia primigenia. Negli ultimi istanti non doveva essere rimasto molto dell'uomo che era stato un tempo. L'entità aveva preso il sopravvento e non era molto contenta di dover abbandonare l'involucro di carne per cui aveva lottato tanto. Stava cercando di parlare, ma non riuscii ad afferrare le sue parole.

La signora Guidi lo lasciò dov'era. Quando si girò verso di me, aveva il viso ricoperto di sangue e lacrime. «Avrei dovuto farlo molto tempo fa», singhiozzò. Non capii se il tentativo di giustificarsi fosse per me o per se stessa. «Forse non in questo modo, ma avrei dovuto liberarmi di lui.»

«Non starla a sentire, dannazione. Chiedile di portarci fuori di qui, e alla svelta. Prima che si riprenda... o si liberi.»

Lerner aveva ragione. Non c'era tempo da perdere. Il signor Guidi stava facendo presa contro la parete, filamenti neri a fluire dagli occhi e dalla bocca. Nel frattempo, continuava con la sua nenia priva di senso.

«Va tutto bene», replicai con il filo di voce che mi rimaneva. «Ora andiamo fuori. Ho bisogno d'aiuto. Non riesco a camminare.»

Il signor Guidi parve afflosciarsi, pur continuando a muovere le labbra. Ma non era una buona notizia. Se il corpo dell'uomo avesse ceduto – per lo shock della possessione e per l'emorragia – l'entità sarebbe tornata libera. E non avrebbe impiegato molto a prendere possesso della donna.

«Vecchia troia», ringhiò il signor Guidi. «Hai scelto il momento migliore per ribellarti. Tu non hai idea di cosa ti farò quando mi libererò. Perché tu *sai* che ci riuscirò, non è vero? E verrò da te. Puoi fuggire quanto vuoi, ma torneremo insieme. Nella buona e nella cattiva sorte, ricordi? Soprattutto nella cattiva, direi.» L'uomo scoppiò a ridere, vomitando un denso fiotto di liquido rosso. La testa si voltò a un'angolazione estrema, tanto che il collo produsse uno scricchiolio sinistro. «E non puoi andartene proprio ora che stiamo andando verso un destino migliore. C'è spazio anche per te, se la smetti di fare la stronza.»

«Non ho la minima intenzione di fuggire», replicò lei, con voce roca. «Ho pensato di scappare per troppo tempo. E adesso è troppo tardi.»

Provai un brivido. L'influenza dell'entità stava già avendo effetto anche su di lei. Dovevamo uscire tutti da quell'abitazione.

La signora Guidi zoppicò verso di me. Aveva uno strano sorriso sul viso, un misto di rassegnazione e pace interiore. Era l'espressione di qualcuno pronto a morire, e la cosa non mi piaceva affatto. Le offrii la mano e lei mi tirò su, dimostrando di avere ancora una forza non indifferente. Riuscii appena a raccogliere lo specchio di Lerner.

La donna mi fece passare il braccio intorno al collo e lentamente mi portò verso l'uscita.

«Dove credete di andare?» urlò il signor Guidi con una voce cavernosa. Aveva ripreso a dimenarsi nel tentativo di liberarsi. Il pavimento era già lordo di sangue e altro ne stava uscendo dalle lacerazioni ai reni e sull'addome. «Dove *cazzo* credete di andare?»

«*Fuori da qui, idiota*», sghignazzò Lerner nella mia mente.

«Aspetta», dissi alla donna.

Lei si bloccò di scatto. «Se volevi restare qui dovevi dirlo subito. Ti avremmo accontentato.» Eravamo così vicini che riuscivo a sentire l'odore della sua pelle. Era cambiato. Sembrava quello di una persona già morta. «Ma devi decidere in fretta. Non abbiamo molto tempo.»

«E invece un po' di tempo c'è ancora», ribattei. «Sei pronta a fidarti di me un'unica volta?»

Un ululato di rabbia arrivò dalla nostra sinistra, dove il signor Guidi artigliava l'aria nella nostra direzione. Sembrava che le ossa del viso si fossero gonfiate, cambiandogli i lineamenti. Ora dava l'impressione che un animale feroce si stesse muovendo sotto la pelle, ormai pronto a lasciarsi alle spalle quell'involucro umano.

La donna sbatté le palpebre, un'espressione confusa. In qualche modo la signora Guidi era ancora presente a se stessa. «Che vuoi fare? Non vedi che è finita?»

«*Già. Non vedi che è finita?*» le fece eco la voce di Lerner. «*Usciamo da qui e buttiamo giù la casa. Sarà una mezza vittoria.*»

Non era vero. Se anche avessimo distrutto la villa, arrivati a quel punto sarebbe stata una disfatta. L'entità non aveva più bisogno della casa per sopravvivere, posto che fosse mai stato così. Eppure c'era ancora una piccolissima speranza, ma per alimentarla avevo bisogno dell'aiuto di quella donna.

«Forse no. Forse possiamo ancora fare qualcosa.»

«Cosa?» domandò lei, uno sguardo vacuo a sostituire l'espressione confusa.

«Dobbiamo portare fuori tuo marito», risposi. «C'è ancora il sole, vero?»

«Sì, certo. Ma non penso di volerlo fare. Perché dovrei salvarlo?» Si voltò verso l'uomo che ancora cercava di liberarsi. Nella sua ignoranza, la donna aveva utilizzato uno strumento di ferro. E il ferro era un ottimo strumento naturale per contrastare gli spiriti che assumevano una forma fisica. «Merita di stare lì. Finalmente anche qualcun altro lo vede per ciò che è davvero.»

Ressi il suo sguardo, chiedendomi quanto di quell'odio fosse genuino e quanto fosse stato generato dall'entità. «Se vuole vederlo soffrire davvero, allora deve aiutarmi a portarlo alla luce del sole. Prima che muoia per le ferite.»

«Morirà comunque, non è vero?»

Scossi la testa. «Credo non ci sia alcuna possibilità di sopravvivenza.»

Il viso della donna si distese in un sorriso. «Allora spiegami cosa fare.»

Indicai con il capo il corpo del signor Guidi. Avrei dovuto fare appello a forze che non credevo di avere per aiutare la donna in quel compito gravoso. Eppure mi sembrava di essere in grado di restare in piedi sulle mie gambe, e provai ad abbandonare la spalla della signora Guidi. Non caddi.

«Questa è sul serio l'ultima riserva», disse il mio assistente, sempre più distante. *«Se vuoi che lavori ancora con te dovrai nutrirmi di nuovo. Nessun deposito, nessun ritorno, ricordi?»*

Accarezzai l'idea di utilizzare la lama, ma sarebbe servita soltanto a liberare l'entità. Invece era dove doveva essere:

imprigionata nella carne mortale, imbrigliata in una trappola che era stata proprio lei a volere.

Il signor Guidi latrò una risata. «Non potete essere tanto stupidi. Se mi liberate vi farò a pezzi e decorerò questa casa con le vostre spoglie. Sarà *perfetta*.»

Lo ignorai, non avendo neanche la forza di rispondere, e appoggiai la mano sulla sbarra di ferro. Avvertii una leggera vibrazione, anche attraverso il guanto. La signora Guidi mi lanciò un'occhiata d'intesa e fece lo stesso. «Al mio tre.»

«Uno.»

«*Due*», continuò Lerner.

Sospirai. «Due.»

La presa della donna si fece più decisa mentre la creatura rilasciava un urlo gorgogliante.

«Tre.»

Tirammo indietro l'attizzatoio e, dopo qualche tentativo, riuscimmo a liberarlo dalla parete. Lo sforzo mi scatenò una nuova ondata di nausea e debolezza, ma strinsi i denti per non lasciarmi andare.

Avrei dovuto resistere solo per qualche istante. Chiunque avrebbe potuto resistere per qualche istante, giusto? Poi saremmo arrivati fuori. E una volta all'esterno avrei potuto lasciarmi andare. Indicai la porta con il capo e cominciammo a spingere il corpo del signor Guidi in quella direzione, a ogni passo la vista mi si faceva più offuscata, le gambe avevano ripreso a tremare.

L'entità si rese conto di quel che stavamo per fare e rinnovò i suoi sforzi per liberarsi, ma il ferro era una morsa che non le lasciava scampo. Infine cadde in ginocchio e si rannicchiò in posizione fetale, per quanto glielo permettesse l'attizzatoio. Il corpo era scosso da convulsione, ma non capivo se fosse per via del metallo che lo trafiggeva o per la paura di dover affrontare la luce del sole.

«Continuiamo a spingerlo», dissi.

La donna annuì, serrando la mascella. Eppure un sorriso le increspava il volto, e ancora una volta mi domandai quale fosse la natura di quell'odio.

La voce di Lerner aveva un tocco di esasperazione. *«Perché non puoi pensare soltanto a risolvere il caso? Cosa te ne importa delle loro beghe familiari?»*

Mi importa perché le loro beghe familiari fanno parte del caso.

La porta era chiusa. Feci cenno alla signora Guidi di mantenere la presa e barcollai, facendo il giro largo per evitare di essere afferrato da quegli artigli deformi. Con uno scatto, l'uomo riuscì comunque a stringermi il polpaccio. Fui capace di non cadere solo aggrappandomi alla maniglia. Ma quella sfida ci aveva logorati entrambe: anche il mio nemico era privo di forze.

«Non farmi questo», disse, e il tono adesso era implorante. «Dopotutto, io sono te. Come puoi distruggere una parte di te?»

Lo allontanai con una pedata goffa. «Come eliminerei un tumore maligno.»

Spalancai la porta e per un istante mi lasciai cullare dalla luce del sole. Era così abbagliante da costringermi a chiudere gli occhi. Per quanto ero rimasto nella semi oscurità di quella casa? Il calore mi avvolse, ricaricandomi di una nuova determinazione.

«Non credevo di arrivare a dirlo. Ma il sole non ha mai avuto un aspetto migliore. Neanche quando ero vivo. Se tiri fuori lo specchio prometto di catturarne un riflesso. Così quando tornerai a trovarmi sarà come essere nel tuo mondo.»

Mi costrinsi a riaprire gli occhi e vidi che il signor Guidi si era rintanato verso l'interno in un ultimo disperato tentativo di fuga. Tornai dentro, immergendomi di nuovo nelle tenebre.

La signora Guidi aveva un ghigno dipinto sul volto. «Siamo pronti?»

«Direi di sì.»

Facemmo presa sull'impugnatura del ferro e spingemmo in avanti. Con gli ultimi residui di energie l'essere si aggrappò alle ante, ruggendo e gridando e continuando a perdere quel fluido scuro dagli orifizi, ma c'era già il sole ad aspettarlo. L'urlo si trasformò in un ululato quando si accorse di perdere la presa. Inarcò la schiena e puntò i piedi, ma era come se la luce lo stesse reclamando.

Un attimo dopo era fuori.

I gemiti di dolore furono strazianti mentre il corpo dell'uomo si agitava in preda alle convulsioni. La sua carne èarve gonfiarsi e muoversi come se i muscoli stessero cercando di guizzare via da quell'unico centro di dolore. In preda a un movimento spastico, il signor Guidi riuscì a liberarsi dal ferro che lo infilzava, facendolo cadere per le scale del portico e quindi nel giardino. Ma era troppo tardi: non si sarebbe liberato del sole tanto facilmente. Lo vidi tentare di riparare il volto tra le braccia, senza successo. Dei sottili sbuffi di fumo scuro si sollevavano da più punti, per poi farsi più rarefatti e scomparire del tutto nell'azzurro del cielo. La creatura alzò il capo e mi guardò. Attraverso i lineamenti distorti del signor Guidi, vidi l'essere che aveva preso possesso di quel corpo. Era un concentrato di odio, dolore e desiderio di tornare nell'antro oscuro che lo aveva generato.

Comprendendo che non lo avremmo mai lasciato passare, strisciò lungo gli scalini, precipitando nel giardino e continuando a fare forza con i gomiti per raggiungere una zona ombreggiata. Gemeva e gorgogliava, mentre un fetore di acqua stagnante aleggiava nell'aria altrimenti pulita. I movimenti erano lenti e disarticolati. Non sarebbe mai arrivato alla salvezza.

Provai quasi pietà per lui.

Ma lo stesso non valeva per la signora Guidi. Mi superò, scese la piccola rampa e recuperò l'attizzatoio. Seguì il marito fino a raggiungerlo mentre questi era ancora impegnato nella sua disperata ricerca di un riparo. Lo infilzò come uno scarafaggio. Le mani dell'uomo si alzarono un'ultima volta prima di crollare al suolo, ormai prive di forze. Altro fumo nero si raccolse sopra il corpo riverso, ma se la signora Guidi riusciva a vederlo, non ne diede alcun segno. Rimase a vegliare sul marito per tutto il tempo, aspettando che gli spasmi cessassero.

Quando tutto fu finito, mi lasciai scivolare a terra, ancora cullato dai raggi solari, gli stessi che avevano annientato il mio avversario. Stavolta era finita davvero, riuscivo ad avvertire il cambiamento intorno a me. Il mondo era tornato lo stesso di sempre.

Riaprii gli occhi quando sentii i passi della donna sul portico. Aveva il volto rigato dalle lacrime.

«Ho sognato così tanto di essere libera», disse, «e adesso non so cosa fare. Non è mai davvero finita, vero?»

Tentai di trovare la forza di rispondere, ma adesso ero esausto davvero. Persino Lerner taceva.

La signora Guidi si inchinò e mi sfiorò la guancia. Una sensazione di pura negatività mi attraversò il corpo senza che potessi impedire quel tocco. «Grazie», mi disse. «Senza di te non ci sarei mai riuscita.»

Mi diede le spalle e si incamminò verso il cancello, lanciando solo un'ultima occhiata al corpo senza vita del marito. La vidi sparire tra le ombre degli alberi. Non l'avrei più rivista viva.

CAPITOLO

TREDICI

Non so quante volte persi i sensi sul portico della villa. Ero devastato nel corpo e nello spirito. Doveva essere quasi il tramonto, quando riuscii a tirare fuori il telefono dalla tasca per chiamare il sindaco. Mi rispose con un tono allarmato che in un contesto diverso sarebbe sembrato persino comico. In qualche modo riuscii a chiedergli di mandare i soccorsi. E, quando me lo domandò, in un sussurro appena udibile, gli dissi che il caso era risolto. Che non c'era più alcuna casa infestata.

Quando vidi arrivare l'auto della polizia mi sembrò un'allucinazione. Tutto si muoveva al rallentatore ed ebbi la spaventosa sensazione di trovarmi ancora nello specchio di Lerner.

Due agenti attraversarono il cancello. Quello a sinistra era alto e massiccio, più simile a un orso che a un uomo. L'altro era alto anche lui, ma la sua magrezza lo faceva sembrare più piccolo. Quest'ultimo portò la mano alla fondina quando vide il cadavere insanguinato del signor Guidi. Il collega aveva gli occhi fissi su di me, apparentemente incapace di decidere se rappresentassi una minaccia o meno. Il sindaco raggiunse gli agenti e disse qualcosa che non capii. Mi lasciai scivolare di nuovo a terra mentre un poliziotto si avvicinava al corpo riverso sul prato.

Il sindaco e l'altro agente vennero verso di me.

«C'è qualcun altro dentro?» mi domandò Genova.

Sapevo a chi si riferiva. «La donna è fuggita tra i boschi», dissi con un filo di voce. «È successo parecchie ore fa.»

«È morto», dichiarò quello vicino al signor Guidi. «Credo non ci sia più niente da fare. Porca troia, un omicidio.»

«Lo arrestiamo?» domandò il bestione in uniforme al suo fianco. Ero pronto a scommettere che non avesse mai dovuto ammanettare davvero qualcuno e probabilmente quello era il suo primo cadavere. Visto da vicino, sembrava giovane.

Gli occhi del sindaco si addolcirono per un attimo prima di tornare al suo ruolo istituzionale. «Non vedi come è messo? Anche se fosse stato lui, ti pare in grado di andarsene in giro? Chiama un'ambulanza e vediamo di capire cosa diavolo è successo qua dentro.»

«Dobbiamo entrare?» domandò l'omone al suo fianco.

Già, le dicerie sulla casa infestata si erano sparse eccome. Sarebbe stato difficile convincere la popolazione che adesso quella era una casa dove semplicemente era successo qualcosa di brutto.

Il volto del sindaco si avvicinò al mio orecchio e mi domandò con un sussurro: «Lo chiedo a lei. *Possiamo* entrare?»

Mi sforzai di annuire, e fui assalito da un'ondata di nausea. «La casa è sicura.»

L'altro annuì e tornò in piedi. «Chiamate l'ambulanza. Contatta anche Abbadia San Salvatore e fanne arrivare un'altra. Per sicurezza. Non voglio correre rischi e solo Dio sa quanta merda pioverà sulla mia carica dopo questa storia.»

I due poliziotti si allontanarono di qualche metro per effettuare la chiamata. Per tutto il tempo gli occhi del sindaco furono fissi sulla villa, che restava silenziosa alle mie spalle.

«Setacciate tutto», ordinò Genova, «ma non toccate nulla. Se avete bisogno di rinforzi non fate gli eroi: chiamate.»

L'agente robusto rimise insieme tutto il suo coraggio. «Conosciamo la procedura», ribatté. Però era ancora pallido.

Li sentii entrare in casa e tornai a socchiudere gli occhi. Avrei solo dovuto aspettare che arrivassero le ambulanze. A dispetto di tutto, ero sopravvissuto. Forse ci sarebbero state conseguenze, ma ero ancora vivo.

Prima di caricarmi sul furgoncino bianco e rosso mi perquisirono. Il poliziotto corpulento tirò fuori il coltello e la pistola con sguardo compiaciuto.

«Perché usare un attizzatoio quando hai a disposizione una pistola?»

«Metti via tutto», rispose l'altro. «Sono prove.»

Smisi di ascoltarli, lo sguardo catturato dall'arma da fuoco che mi era stata appena sfilata. Lì si nascondevano gli ultimi tasselli dal puzzle. Sarebbe stato sufficiente togliermi i guanti e sfiorarne la superficie. In quel momento la consapevolezza mi avrebbe colpito con l'impeto di un treno in corsa.

Si avvicinarono due giovani infermieri con una barella. A giudicare dalle loro espressioni, neanche loro erano particolarmente contenti di trovarsi lì.

«Non preoccupatevi», disse l'omone. «Vengo con voi. Non possiamo lasciarlo solo. È un sospettato.»

Finalmente mi portarono via dalla villa. Non riuscivo a vedere il sindaco, ma di sicuro era nelle vicinanze, ancora al telefono. Continuava ad abbaiare ordini nel tentativo di riportare ordine nel caos in cui si era trasformata la sua vita. Presto sarebbe tornato a parlare con me: avrei dovuto preparare un rapporto completo e veritiero per lui, e uno capace di risultare credibile all'opinione pubblica.

Il poliziotto mi sventolò le mie armi sotto al naso mentre si accomodava sullo sgabello vicino al lettino. «Queste per il momento le tengo io. Contento, *ghostbuster?*»

Tutto sommato, era meglio così, ma non glielo dissi. Persino in fin di vita non avrei resistito alla voglia di sapere: avrei impugnato la pistola, pronto a ricevere tutta l'esperienza che portava con sé. Era stata toccata dalla creatura per un periodo di tempo abbastanza lungo. Una volta che la rivoltella fosse tornata in mio possesso, sarei stato capace di assorbire quanto mi serviva per chiudere il caso una volta per tutte.

Ma avrei dovuto aspettare. Ora dovevo solo chiudere gli occhi, sapendo che almeno per un po' sarei stato al sicuro. Certo un ospedale non era esattamente il posto più tranquillo per me – gli spiriti pullulano nei luoghi dove la morte è di casa – ma indossavo ancora i bracciali di Mercurio e potevo contare su un assistente fin troppo affamato. Quella pistola sarebbe stata comunque inutile.

Già, ero al sicuro. L'ultima cosa che vidi, prima di perdere i sensi un'ultima volta, fu l'enorme poliziotto che seguiva il fondoschiena dell'infermiera mentre quest'ultima mi applicava la flebo.

Forse ero troppo stremato o forse mi avevano sedato, ma quando tornai in me era notte. Dovevo essere solo nella stanza, almeno a giudicare dal silenzio assoluto che permeava l'ambiente. La quiete era interrotta solo dal lontano lamento degli spiriti che, com'era prevedibile, aleggiavano nel presidio medico. Un gemito distante e continuo, una sorta di cantico di sofferenza.

«Bentornato, Kiesel.»

Be', non ero proprio solo. Spostai lo sguardo e vidi lo specchio sul comodino al mio fianco. Era l'unico oggetto personale a portata di mano. Doveva essere stato proprio Lerner a convincere i miei carcerieri a non portare via anche lui. Magari avevano trovato la custodia e avevano deciso di dare un'occhiata. E guardare nello specchio senza essere pronti era un'esperienza disturbante di per sé.

Mi assicurai di avere ancora i guanti e controllai i bracciali. Era tutto a posto. Mi ripetei che l'entità era stata sconfitta e che non sarebbe tornata.

«Lerner», mormorai. Mi sentivo la bocca secca e la voce roca. «Qual è la situazione?»

«Te lo diranno domani, credo. Ora pensa a riposare. Avremo bisogno di un'ultima zampata per tirarci fuori da questa situazione.» Poi rise di nuovo. *«Ma non preoccuparti: se dovessero metterti in prigione ti offro asilo politico nello specchio. Mi casa es tu casa.»*

Be', non c'era bisogno di arrivare a tanto. Ero già stato dalla parte sbagliata della legge e c'era sempre un modo per risolvere le cose. Per farlo, però, avrei dovuto recuperare le forze.

Al mio risveglio, diverse ore dopo, mi sentivo molto meglio. E la luce del sole pareva inondare la camera di luce. C'era un'infermiera che prendeva appunti, in piedi davanti al letto.

Quando si accorse che ero sveglio mi offrì un sorriso di circostanza. «Pronto a mangiare qualcosa?»

«Credo di sì.»

«Ecco, bravo», disse una voce maschile. Spostai il capo, giusto per trovare, appoggiato alla porta d'ingresso, il poliziotto enorme che mi aveva scortato in ospedale. «Fai colazione, così poi possiamo cominciare a metterti sotto torchio.»

Mi tirai su, facendo forza su un gomito. «Mi sembra giusto.»

L'agente mi guardò dall'alto in basso. «Il sindaco arriverà a breve. L'ultima volta che l'ho visto era abbastanza incazzato.»

Non risposi. La ragazza uscì, solo per tornare qualche istante dopo con una tazza di tè e delle fette biscottate.. Il poliziotto uscì in corridoio, lasciandomi solo e in silenzio per un po'. Notai che l'infermiera tendeva a tenersi lontana dal letto. Magari temeva che potessi farle del male. A quanto pareva ero ancora il principale sospettato per l'omicidio. Era un passo avanti rispetto al solito, pensai, facendo le veci di un altrimenti silenzioso Lerner. Almeno nessuno mi aveva ancora dato dell'impostore.

Stavo giusto terminando il tè, troppo dolce per i miei gusti, quando fece il suo ingresso il sindaco, accompagnato dal poliziotto corpulento e da un uomo ben vestito con indosso un paio di occhiali da sole.

Genova aveva delle profonde occhiaie e il volto pallido. Quella notte non aveva dormito molto.

«Sono contento che si senta meglio», esordì. «Così potrà aiutarmi a fare chiarezza con questa storia.» Si rivolse all'infermiera. «È in grado di sostenere una conversazione? Come sta?»

«Non ha parlato con il medico, entrando?»

«No, altrimenti non lo avrei chiesto a lei. Allora?»

«Lo abbiamo monitorato tutta la notte. È migliorato progressivamente di ora in ora. Era disidratato e aveva la febbre alta. Al tempo stesso i battiti erano rallentati, cosa che strideva con il quadro clinico generale. In ogni caso adesso è tutto nella norma. I valori sembrano regolari. I risultati delle analisi del sangue dovrebbero arrivare tra qualche minuto.»

«Molto bene.» Il sindaco mi guardò per un istante prima di

tornare a rivolgere all'infermiera. «È la prima buona notizia da più di un giorno a questa parte.» Prese una sedia e si accomodò alla mia destra. «Non è d'accordo anche lei?»

Volsi il capo verso l'uomo che non conoscevo. Era ancora in piedi, a metà strada tra il bestione e il primo cittadino. «Avete trovato la donna?»

Lui emise una risatina poco convinta e si girò verso lo sconosciuto con gli occhiali da sole. «Bell'inizio, vero? Siamo qui per un interrogatorio ed è lui a fare le domande.» L'altro emise uno sbuffo che poteva sembrare una risatina. Quindi Genova tornò a rivolgersi a me. «No, non l'abbiamo ancora trovata. Ed è un male perché a quanto pare è stata lei a massacrare il marito. Sono arrivati i tizi della scientifica e hanno studiato le dinamiche dell'omicidio. Ma non basta, perché non sono state le lesioni ai reni la causa della morte. Secondo il medico che ha svolto l'autopsia il cuore della vittima è esploso. C'era una specie di massa sanguinolenta al posto del cuore. Spero lei abbia qualche spiegazione per questa faccenda perché altrimenti il questore Venditti al mio fianco la scorterà direttamente in carcere. E le conviene rispondermi, altrimenti sarà lui a condurre l'interrogatorio. Chiaro?»

«Ha diritto a un avvocato, se ci tiene», si limitò ad aggiungere il questore.

Provai a sollevarmi dal materasso per mettermi a sedere sulla sponda del letto e scoprii finalmente di averne la forza. «Non ce ne sarà bisogno. Se siete disposti ad ascoltarmi vi spiegherò tutto. Spero siate anche disposti a credermi.»

«Già abbiamo affrontato quest'argomento», ribatté il sindaco.

«Prima che cominci a raccontare vorrei solo sapere una cosa. Dove sono gli oggetti che mi sono stati confiscati?»

Il questore fece un cenno in direzione della porte. «In laboratorio. Ma per quanto ne so non la incastrano. La pistola ha fatto fuoco, ma il signor Guidi non ha ferite compatibili con i proiettili. La lama presentava tracce di sangue, ma era sangue suo. Ora ci vuole dire cosa è successo?»

Sospirai e mi preparai a rivivere gli eventi degli ultimi giorni. In parte era un bene: mi avrebbero aiutato a rimettere insieme i ricordi prima del momento finale in cui avrei ripreso possesso della mia pistola e messo insieme gli ultimi tasselli di quel mosaico.

CAPITOLO

QUATTORDICI

Lasciai la clinica sentendomi rigenerato.

Per quanto ne sapevo, il sindaco era ancora nella mia camera, intento a stilare un rapporto in cui il mio nome figurava solo come collaboratore esterno ai fatti. C'erano voluti diversi giorni perché ritrovassi le forze necessarie a recitare quell'ultimo incantesimo, ma tutto era filato liscio. Non mi piaceva utilizzare l'arte della persuasione per liberarmi di situazioni scomode ma quella era una di quelle situazioni critiche in cui non avrei potuto fare altrimenti. Erano decisi a trovare un capro espiatorio e, visto che la signora Guidi era scomparsa senza lasciare tracce, il candidato numero uno ero diventato io.

Quella mattina avrebbero dovuto scortarmi dall'ospedale al carcere di Siena per confermare il mio stato di fermo. Ma non sarebbe mai successo. Lerner mi aveva aiutato a esercitare la leggera pressione che li aveva convinti della mia innocenza. Uscendo, vidi ancora la volante incaricata di portarmi via. L'uomo alla guida appariva scocciato e aveva lo sguardo fisso sul cellulare. Neanche si accorse della mia presenza. E non sapeva che avrebbe dovuto aspettare ancora un bel po' prima di essere rispedito indietro.

Mi appoggiai con la schiena contro la parete di vetro. C'era già un discreto via vai e nessuno faceva caso a me.

La mia attesa durò solo cinque minuti. Un'altra volante arrivò davanti alla scalinata che conduceva al cortile antistante l'ingresso alla struttura. Ne uscì l'agente mastodontico che era stato presente anche al momento del mio arresto. Aveva la solita espressione imbronciata.

Mi venne incontro con il capo inclinato in avanti, come un orso pronto a caricare.

«È tutto pronto», disse. «Possiamo andare?»

Staccai la schiena dalla vetrata alle mie spalle. «Direi di sì. Non hai dimenticato nulla, vero?»

«Ci ha pensato il ragazzo dell'albergo. Io mi sono limitato a ritirare il bagaglio.»

Annuii e mi diressi verso l'auto di pattuglia. Era la prima volta che entravo in una volante dal lato del passeggero. Be', quelli erano stati giorni pieni di sorprese. La mia valigetta era sul tappetino. Non ebbi bisogno di controllarne il contenuto, ero sicuro che ci fosse tutto. Così come ero sicuro che nessuno avesse controllato all'interno. Gli incantesimi di protezione erano ancora forti.

«Dove andiamo?» domandò il bestione alla guida.

«Dipende. Manca ancora qualcosa.»

Si diede una manata sulla fronte, e quella pacca rimbombò nell'abitacolo. Quindi si sporse all'indietro e prese due buste di plastica trasparente. Una conteneva il pugnale e l'altra la pistola. Afferrai i due oggetti e me li misi in grembo.

«Allora?» domandò ancora l'agente.

«Portami al Ragno d'Oro», dissi infine, «ho ancora un paio di affari in sospeso.»

Ero di nuovo nella mia stanza d'albergo anche se sembrava che fossero passati secoli dall'ultima volta che avevo dormito lì dentro. Seduto di fronte alla scrivania, avevo posto lo specchio da un lato e la pistola dall'altro.

«*Perché per una volta non lasci perdere? Abbiamo vinto. Dovrebbe essere sufficiente. Okay, magari non abbiamo guadagnato niente, ma ce la siamo cavata. Anzi, facciamo una cosa, usciamo da qui e aiutiamo il ragazzo. Un caso facile facile e allegro. Ce lo togliamo con un paio d'ore e torniamo a casa.*»

«Devo sapere.»

«*La curiosità ha ucciso il gatto*», canticchiò il mio assistente. «*A quale vita felina sei arrivato, Kiesel? Sei o sette?*»

Lo ignorai e cominciai a sfilarmi i guanti. Come ogni volta che lo facevo, mi sentii nudo e vulnerabile. E all'idea di cosa avrei sfiorato la sensazione peggiorava.

Il dono, che a volte consideravo una maledizione, mi aveva fatto scoprire molte cose. Molti segreti. Altre volte mi aveva proiettato in dimensioni da incubo da cui ero riuscito a sfuggire a stento. Occorreva una grande forza di volontà per non lasciarsi trascinare da quei ricordi lontani e alieni. Era uno dei motivi per cui in passato molti veggenti erano stati considerati pazzi: non erano stati capaci di controllare il dono e avevano finito per cedere, o diventarne schiavi. Per questo i guanti erano diventati parte integrante del mio essere. Non li toglievo neanche quando dormivo. Non era un'abilità che si poteva accendere o spegnere.

Ma adesso quell'abilità mi occorreva al cento percento, così tolsi anche i bracciali di Mercurio. Non era solo la mera curiosità a spingermi. Se avevo davvero scoperto una nuova razza di entità, allora dovevo saperne di più. Fino a quel momento avevo raccolto qualche informazione, ma adesso avevo bisogno di una visione d'insieme. E non c'erano altri sistemi.

Tornai alla porta della camera e la aprii con la mano ancora inguantata. Dall'altra parte c'era Piefrancesco.

«Ci metterò solo pochi minuti. Pensi sia una problema?»

«Non la disturberà nessuno. Dopo andiamo a risolvere la questione di cui le ho parlato?»

Sorrisi. «Hai la mia parola, ragazzo. Qui è questione di poco.»

Richiusi la porta e tornai alla sedia. Anche Lerner si era messo comodo. Come era prevedibile, nel suo mondo la stanza era ridotta peggio che mai, un vero e proprio inno alla distruzione in cui lui sembrava l'unica cosa ancora integra. Teneva le braccia incrociate, in un atteggiamento di ostentata disapprovazione.

Spostai lo sguardo sulla rivoltella. La lasciai scivolare fuori dalla busta e avvicinai il palmo destro all'impugnatura.

«Direi che ci siamo», mormorai. «Adesso scopriamo cosa diavolo eri.»

Strinsi l'arma. La prima immagine a invadermi la mente fu la consegna della rivoltella da parte dell'armaiolo. Mi arrivò un misto di eccitazione e soddisfazione per quella che Herman aveva considerato la sua personale opera d'arte. All'epoca, Herman Frank mi aveva confidato che avrebbe voluto tenere la pistola per sé e ridarmi i soldi. Ma sapeva per cosa l'avrei usata, e soltanto per quello aveva rispettato l'accordo. Non mi lasciai distrarre da quel ricordo: era un sistema di protezione che avevo imparato con il tempo. Il primo step era risalire sempre ai momenti meno traumatici della storia dell'oggetto.

Strinsi le dita ancora di più. Era come muoversi in un labirinto e qualunque chiaroveggente senza molta esperienza avrebbe potuto perdersi prima di trovare il canale giusto. Ma io sapevo dove dirigermi. La mia mente si dipinse di scuro mentre tornavo all'essere che mi aveva sparato contro. L'odio di quella presenza senza nome si riversò in me. Le pareti nere di cui era ormai composta la mia coscienza cominciarono a tremare mentre quei sentimenti negativi prendevano il controllo del mio essere. Ma non mi lasciai intimorire. Rividi l'essere che mi sparava contro e rabbrividii di nuovo, consapevole di quanto fossi stato vicino alla morte. Mi addentrai nell'entità, tornando indietro. Avevo pensato che fosse giovane ma avevo sempre ragionato in termini di decenni. Mi ero sbagliato. Era molto più giovane. Ma la rabbia era cresciuta in fretta. E anch'io ormai mi sentivo furioso, anche se non avrei saputo dire contro cosa fosse indirizzata quella frenesia. Ormai facevo parte dell'entità. Mi guardai intorno, non riuscendo a distinguere nulla. Poi mi accorsi che qualcosa c'era. Qualcosa di bianco in lontananza. Camminai/fluttuai in quella direzione fino a quando non lo raggiunsi. Sembrava un lenzuolo bianco, unico elemento chiaro in un universo nero. Sfiorandolo, sarei arrivato al livello successivo e, al punto in cui ero, non avrebbe avuto senso tornare indietro. Con mani tremanti mi chinai – o, meglio, la mia proiezione mentale si chinò – a raccoglierlo. Mi trovai nella soffitta della villa dei Guidi. Ero ancora nei ricordi della creatura, ma adesso era fuori dalla mente e riuscivo a guardare il mondo attraverso i suoi occhi.

L'area era in condizioni pessime come la ricordavo, ma non c'era traccia dell'alone di minaccia che mi aveva accolto. In compenso c'erano due persone che conoscevo e che forse avrei dovuto conoscere meglio prima di accettare il lavoro. Il signor Guidi teneva la moglie per la gola, spingendola contro la parete.

«Ti prego, non credo di farcela», mormorò lei. Le parole della donna rimbombarono nella mia mente in quel mondo di percezioni distorte.

Lui la spinse a terra. *«Tu non devi fare proprio nulla.»* La signora Guidi era finita su un lenzuolo impolverato, lo stesso che avevo toccato per trovarmi lì. *«Devi solo stare zitta mentre inauguriamo la nuova casa.»* Uno schiaffo violento alla base della nuca. *«Ma se ci tieni tanto puoi gridare. Sai che mi piace, e qui puoi farlo. Non ci sono vicini. Urla quanto vuoi.»*

Sempre continuando a tenerla per il collo cominciò a spogliarla con spinte e strattoni. La donna gemeva, implorando di smetterla, ma quelle richieste d'aiuto non facevano altro che eccitarlo ancora di più. La colpì di nuovo, questa volta con una manata sui reni e lei singhiozzò forte. Altri colpi, sulle braccia, sul ventre, sui fianchi. Il viso doveva essere tabù, per evitare che rimanessero dei segni.

Avrei voluto distogliere lo sguardo, ma ero lì per quello. C'era un motivo se ero arrivato fino a quel punto. Morsi e grugniti sostituirono manate e parole. E la signora Guidi non si muoveva neanche più, aggrappandosi forte con le dita a quel panno abbandonato.

Fu nel momento del climax che scattò la genesi. Mentre il signor Guidi si inarcava all'indietro e rilasciava un grido animalesco non troppo dissimile da quello che avevo sentito quando era ormai posseduto, mi sentii sollevare in aria e dovetti fare appello a tutta la mia razionalità per sapere che non ero davvero io a levitare. Non sarebbe stato generato un feto da quel rapporto nato nella violenza e negli abusi. Vidi appena il lenzuolo tingersi di rosso mentre l'uomo continuava a spingere e a colpire il corpo della donna. E mentre la sete di violenza continuava a salire, prova un odio assoluto per quel che stava avvenendo, per tutti i soprusi subiti. Odio per l'incapacità di ribellarsi a tanti anni di brutalità. L'odio e la ferocia si erano appena uniti per l'ultima volta.

«Cos'è stato?» domandò l'uomo, alzando il capo di scatto. Avevo il volto rosso e sudato e provai un nuovo moto d'ira. Se

ne fossi stato in grado, sarei scattato verso di lui per farlo a pezzi con le mie mani.

Ora stavo seguendo la scena attraverso due occhi veri e propri. E il mondo si stava velando di oscurità.

«*Che cazzo succede?*» chiese ancora il signor Guidi, questa volta alzando il tono della voce. Era allora che aveva intuito che le cose non sarebbero andate come al solito.

Lo vidi tirare la donna per i capelli, costringendola ad alzarsi, nonostante lei fosse troppo stordita per camminare. Mi voltai verso di loro e cercai di afferrarli – di afferrare *lui* e decorare le pareti con il suo sangue, com'era giusto che fosse – ma i miei erano arti incorporei e passarono attraverso la carne. Ululai per la frustrazione mentre i miei genitori scendevano le scale e mi abbandonavano nel posto in cui odio e violenza avevano final-mente dato i loro frutti, generando quella forma di non-vita. Stri-sciai verso il lenzuolo macchiato di rosso vivo, nutrendomi della sofferenza e del disprezzo di cui era impregnato. Particelle scure si sollevavano in aria, dirigendosi verso di me e alimentando quel buio che formava il mio essere. Dopo qualche istante fui capace di sollevarlo. Alla furia si sostituì una nuova emozione. Soddisfa-zione. E fame. Ero appena stato generato, ma stavo crescendo rapidamente. E, guardandomi intorno, scoprii che c'erano molti altri residui spirituali di cui nutrirmi. Non essendo dotato di un'anima, avrei dovuto fare il possibile per trovarne una.

Scagliai la pistola contro la parete e rimasi al mio posto, tremante. Per qualche orribile istante mi ero davvero tramu-tato nell'entità che avevo affrontato. Quei resti psichici mi stri-sciavano ancora nella mente, lottando per prendere il controllo. La presenza non era morta davvero perché era solo la personificazione di sentimenti negativi di cui il mondo – in questo caso la villa dei Guidi – era saturo. La violenza sulla donna era stato il fuoco che aveva acceso la miccia. Non avevo affrontato un demone dei Nove Cerchi ma un rappresentante dell'Inferno sulla Terra generato dalla malvagità umana. Avevo lasciato che quell'oscurità mi invadesse e mi corrompesse. Sentivo qualcosa strisciarmi dentro e la tentazione di colpirmi di nuovo con la lama fu fortissima.

Indossai i guanti e andai a raccogliere la rivoltella, respirando affannosamente. Non c'era meditazione che avrebbe potuto farmi riprendere in fretta da quell'esperienza. Sentivo Lerner gridare qualcosa dallo specchio, ma ero troppo scioccato per afferrare le sue parole. Impiegai pochi istanti per riprendere i miei oggetti e dirigermi alla porta. Volevo andarmene.

«Ti aspettavi davvero qualcosa di diverso?» domandò Lerner mentre afferravo la maniglia.

Forse no, ma lo speravo. È difficile abituarsi alla cattiveria umana, e alle sue conseguenze.

«*E noi non possiamo far altro che intervenire quando il male è stato già fatto. Fa parte del nostro lavoro, Kiesel.*»

Da quanto andava avanti? Perché non me ne sono accorto subito?

«*Perché il male umano è banale, Maestro.*»

Rimasi in silenzio, valutando quelle parole. La verità era che potevo purificare una casa, ma non potevo impedire che gli esseri umani facessero gli esseri umani.

«*Già, relazioni perverse, abusi, sofferenze e atrocità. È in questi momenti che sei contento di avere come unica compagnia quella dei morti, non è vero?*»

Forse era così. E forse lo avevo sempre saputo.

«*Adesso stai meglio? Te la senti di andare?*»

Feci scattare la serratura.

Pierfrancesco era ancora lì e sgranò gli occhi quando mi vide. La mia espressione doveva essere abbastanza eloquente.

«Non potrà aiutarmi, vero?» Scosse la testa, la sua faccia l'immagine stessa della delusione. «Mi dispiace. Non volevo disturbarla.»

«Però magari a volte possiamo dare una mano ai vivi prima che sia troppo tardi», disse Lerner.

Chiusi la porte alle mie spalle e guardai il giovane. L'idea di affrontare un'altra purificazione era semplicemente assurda nelle mie condizioni, ma il mio assistente aveva ragione. Mi sforzai di sorridere. «Certo che ti aiuterò. Fammi strada, ragazzo. Mostrami questa casa infestata. Vediamo cosa si può fare.»

FINE

DUE PAROLE SU NERO ETERNO

Quando cominciai a scrivere questo romanzo, ormai più di dieci anni fa, non avrei mai pensato che sarei arrivato a sei libri con protagonista Marcello Kiesel. Con la chiusura della casa editrice che ha pubblicato tutta la serie, ho pensato di riprendere in mano i volumi e di aggiornarli un po' e rendere la serie più uniforme. Se avevate già letto Nero Eterno, spero che questa versione sia stata più piacevole. Se invece è stato il vostro primo incontro con Marcello Kiesel (e Lerner, è bene non dimenticarsi di lui!) mi auguro che vogliate continuare la serie, il cui secondo volume – Il Ritorno di Rebecca e Altri Racconti – dovrebbe uscire a breve. Se tutto procederà secondo i piani, dovrei riuscire ad avere tutta la serie pronta nel corso del 2022.

Marcello Kiesel nasce dalla mia passione per Weird Tales e per gli investigatori dell'occulto dei tempi d'oro, e ho fatto del mio meglio per far muovere un personaggio del genere in epoca moderna. All'inizio pensavo sarebbe stato l'unico protagonista, ma ho scoperto abbastanza presto che l'autore non ha esattamente il controllo delle proprie storie e così nei volumi successivi si sono aggiunti diversi personaggi che hanno reclamato il loro spazio. Quanto a Lerner... forse è il caso di rendere il doveroso omaggio a chi lo ha ispirato, vale a dire mio nipote.

Sapete che i bambini sono capaci di giocare con qualunque cosa, giusto? Be', eravamo a una cena in famiglia lui aveva infilato le dita nella borsa della madre, lasciata incustodita sul divano, e aveva preso uno specchietto (no, non ho mai fatto la spia con mia sorella e, sapendo quanto odi la lettura, non credo arriverà mai a leggere questa parte) e aveva cominciato a fare le smorfie.

Sono rimasto a osservarlo per un po', cercando di non ridere di fronte a quello gnomo biondo che faceva le boccacce.

Poi le smorfie si trasformano in un'espressione imbronciata e alla fine posa lo specchio sul cuscino, la superficie rivolta verso il basso, incrociando le braccia al petto.

Incuriosito, gli domando che succede e il bambino mi fa: «Zio, c'è un tizio brutto nello specchio. E mi prende in giro!»

Ora, io sono troppo razionale per credere che ci fosse *davvero* qualcuno nello specchio e lì per lì mi sono limitato a ridacchiare e a mettere a posto lo specchio (prima che mia sorella scoprisse che il piccolo guastafeste, come lo chiamava all'epoca, aveva frugato nella sua borsetta). Però l'idea di uno spirito burlone nello specchio è rimasta ed è tornata alla carica mentre iniziavo la stesura di *Nero Eterno*. Spero di aver reso giustizia al tizio brutto che ha visto mio nipote ormai tanti anni fa. Fatto curioso: ancora oggi ricorda quell'evento, ma è abbastanza sicuro di aver visto il riflesso di suo padre che si muoveva nel corridoio. Quanto alle prese in giro, per quelle non c'è una spiegazione, ma vai a capire cosa passa nella mente di un bambino dopo che è passata l'ora di andare a letto.

Purtroppo non sono un tipo molto social, ma se volete scrivermi la cosa non può che farmi piacere. Potete utilizzare l'indirizzo davidfalchi74@gmail.com

Il libro ti è piaciuto? Scrivi una recensione o valuta con delle stelle su Amazon. Per farlo, basta arrivare fino alla fine di questo ebook, e se sei su Kindle, il tuo Kindle dovrebbe chiederti di valutarlo.

Essendo degli editori indipendenti, qui alla LMBPN® International investiamo la maggior parte delle entrate nella traduzione di nuove serie e non abbiamo la possibilità di lanciare grandi campagne pubblicitarie. Di conseguenza, le recensioni costruttive e le valutazioni su Amazon sono estremamente preziose, perché possono aumentare tantissimo la visibilità di questo libro a nuovi lettori che ancora non ci conoscono.

Siete voi a rendere possibili le traduzioni di nuove serie in italiano.

Questo è il link https://lmbpn.com/it/newsletter/ *per iscriverti alla iscriverti alla nostra newsletter e la nostra pagina Facebook* https://www.facebook.com/LMBPNit *... così non perderai mai l'uscita di un nuovo libro della LMBPN® International.*

ALTRI LIBRI HORROR CHE POTREBBERO PIACERTI

DI TIM CURRAN

Duecento anni fa, il villaggio di Clavitt Fields fu raso al suolo. Si sperò che i suoi abitanti fossero periti nel fuoco. Ma non morirono. Andarono sottoterra...

Per generazioni, hanno vissuto e si sono riprodotti nell'oscurità, adattandosi a un'esistenza sotterranea. Ora stanno tornando in superficie e ciò che sono diventati è un orrore al di là di ogni comprensione, un incubo strisciante di malvagità e violenza votato alla distruzione.

La notte è viva... e appartiene a *loro*.

Nightcrawlers *è unico, oscuro, terrificante. L'atmosfera è oscura dall'inizio e lentamente le tenebre strisciano nella mente del lettore fino a quando questi non immagina di trovarsi nel bel mezzo della follia.* (**I Heart Reading**)

Questo romanzo dovrebbe garantire l'ingresso di **Tim Curran** *tra i ranghi degli altri scrittori influenzati da* **Lovecraft** *come* **Fritz Leiber**, **Robert E. Howard** *e* **Robert Bloch**. (**New York Journal Of Books**)

I capitoli d'apertura sono i più terrificanti che io abbia letto da molto tempo a questa parte. (**Beauty In Ruins**)

Il mare non rinuncia mai ai suoi morti.

Preparatevi a un viaggio in un luogo sconosciuto all'umanità. Uno spazio tra gli spazi. Quando la Mara Corday, una vecchia nave da carico, entra nel Cimitero dell'Atlantico, l'incubo diventa realtà. L'equipaggio si ritrova intrappolato in un mondo in cui il tempo non esiste e in cui dimorano orrori inimmaginabili. Persi in quel mare immobile, in un aldilà dove il male si manifesta in forme terribili, i sopravvissuti della Mara Corday hanno l'eternità per trovare una via d'uscita... se prima non saranno uccisi dalle creature che danno loro la caccia.

Dead Sea è un'ottima lettura quando sei solo, di notte. (Zombos' Closet)

Dopo una violenta pandemia, il Paese è in rovina. A ovest del Mississippi c'è una zona infernale conosciuta come le Deadlands. Qui, i vermi della resurrezione cadono dal cielo rossastro, rianimando i morti. E qui le armi atomiche hanno creato legioni di mutanti, mostri primordiali e bizzarri eventi atmosferici.

John Slaughter, motociclista fuorilegge e membro dei Devil's Disciples, viene catturato. I federali vogliono che guidi la sua vecchia banda oltre il Mississippi, tra i rifiuti nucleari delle Deadlands con l'obiettivo di recuperare una biologa che è tenuta prigioniera in una vecchia fortezza dell'esercito da un gruppo di terroristi. Ciò significherà compiere un'incursione in un territorio pieno di morti viventi, mutanti, sette di sopravvissuti impazziti... e la gang dei Cannibal Corpses, acerrimi nemici dei Devil's Disciples.

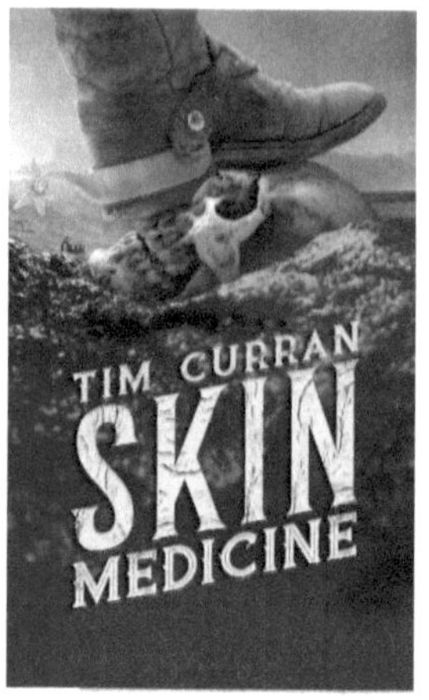

Un male indicibile sta perseguitando i Territori. Veterano della Guerra Civile e cacciatore di taglie, Tyler Cabe sta dando la caccia a uno spietato assassino, ma si troverà ad affrontare qualcosa che va oltre l'immaginazione di ogni uomo vivente.

Skin Medicine è il figlio bastardo dell'unione sotto una cattiva stella tra un Louis Lamour fulminato e un Bentley Little strafatto. È divertente nello stile di classici cinematografici sopra le righe come Re-Animator, Dog Soldiers e Tremors. (Steve Vernon - Horrorworld)

Skin Medicine è una corsa sfrenata nella Frontiera Oscura. (Randy Chandler – Autore di Bad Juju)

Inverno 1867. Un freddo pungente e mortale. Al culmine delle guerre indiane un'unità di cavalleria segue le tracce di una banda di assassini selvaggi nelle profondità delle Montagne Rocciose. Ma questi non sono dei pellerossa comuni: non solo massacrano le vittime, strappano anche la carne dalle loro ossa. Quella che inizia come una spedizione punitiva diventa presto una macabra lotta per la sopravvivenza contro un nemico cannibale che non ha più niente di umano.

La Bara è una GTO del '67. Come una tomba aperta, è affamata di morte. Vic Tamberlyn vi si è suicidato dentro. Suo figlio Kurt vi è morto asfissiato. Forse non c'è nessuna connessione, ma il migliore amico di Kurt, Johnny Breede, non ne è convinto. Comincia a notare degli oscuri segnali, sicuro che sotto la pelle della Bara batta un cuore nero e terribile. Ma è persino peggio di quanto possa immaginare. Perché la Bara ha una storia. E quella storia condurrà Johnny in una ragnatela di omicidi, follia e perversioni sessuali. Verrà a conoscenza di orribili segreti di famiglia che collegano una serie di bambini scomparsi a un male primordiale che vive nell'auto sotto forma di una sadica ragazza adolescente. Una ragazza la cui madre era umana, ma il cui padre era tutt'altro...

__Long Black Coffin__ è un romanzo disturbante e perverso che mi ha tenuta sveglia fino a notte fonda. Mr. Curran ci sa fare con le parole e sembra avere una bacchetta magica per la prosa. (**I HEART READING**)

Curran fa un ottimo lavoro nel narrare la storia dal punto di vista di Johnny. Rende i personaggi estremamente realistici e ricchi di spessore. Il fatto che ci siano dei brividi lungo la via rende la lettura ancora più divertente. (**INTO THE MACABRE**)

ALTRI LIBRI HORROR CHE POTREBBERO PIACERTI

THE HOLLOWER DI MARY SANGIOVANNI

Qualcosa di alieno sta perseguitando gli abitanti di Lakehaven, nel New Jersey. Non può vederli, ascoltarli o toccarli, ma li conosce: le loro paure, le loro insicurezze e i loro segreti. Sa come distruggerli dall'interno. E non si fermerà fino a quando non saranno tutti morti. Dave Kohlar ha sempre pensato di essere un buono a nulla. Ma quando realizza che la sua sanità mentale, la sua vita e la sicurezza della sua famiglia e dei suoi amici sono in pericolo, dovrà cercare dentro di sé una forza che il suo avversario ultraterreno non può toccare: una forza in grado di salvarli tutti.

Nominato al **Bram Stoker Award** nel 2007 tra i migliori romanzi d'esordio.

Un orrore cosmico ottimamente costruito. (**Kevin Lucia** – autore di *Things You Need* e *Devourer of Souls*)

Se vi piacciono gli horror basati più su un orrore psicologico che su violenza o sangue, allora dovreste leggerlo assolutamente. (**Worlds Without End**)

Charlie Van Houten è una madre single. È impegnata nelle solite commissioni del fine settimana con la sua bambina, Haley, quando una folle donna armata di pistola, Simone, le prende in ostaggio entrambe nella loro auto. Mentre si dirigono verso una sconosciuta destinazione finale, e la paranoia di Simone degenera sempre di più, Charlie dovrà impedire a quel mostro di portarle via tutto ciò che ama.

Nella città di Lakehaven, nel New Jersey, un male è tornato dallo spazio tra le dimensioni. Sta cercando vendetta. Sta cercando la distruzione, del corpo e dell'anima.

Dave Kohlar e il suo amico Erik hanno già combattuto un male simile, e sono stati quasi uccisi nel tentativo di sconfiggerlo. Speravano che fosse finita e che le loro vite potessero essere pacifiche e felici. Ma questa nuova entità è diversa; è più affamata, è furiosa ed è molto, molto forte.

Mentre i loro cari cadono preda dell'odio onnicomprensivo dell'Hollower, Dave ed Erik, insieme a dei nuovi compagni, si battono per chiudere il varco per sempre.

Mary SanGiovanni è una delle mie autrici preferite. (Brian Keene).

A volte, non importa quanto tu sia vigile, non puoi tenere al sicuro i tuoi cari. Dana McCluskey e suo padre sanno molto bene che possono esserci dei pericoli dietro ogni angolo. Avrebbero voluto tenere Emmy al sicuro, ma alcune minacce sono impossibili da prevedere. E ci sono degli angoli che non possiamo vedere, luoghi sperduti al di là della nostra comprensione, dove i nostri cari possono perdersi, e dove il pericolo è fin troppo reale.

ALTRI LIBRI HORROR CHE POTREBBERO PIACERTI

THE HEMATOPHAGES DI STEPHEN KOZENIEWSKI

La dottoranda Paige Ambroziak è una "coniglietta di stazione": non ha mai messo piede fuori dall'avamposto nello spazio profondo in cui è cresciuta. Ma quando le viene offerta una piccola fortuna per unirsi a una missione di recupero clandestina, coglie l'opportunità per lasciarsi alle spalle lo spietato mondo accademico.

Paige è convinta di essere stata arruolata per trovare la leggendaria Manifest Destiny, una nave semina che è andata perduta in un'epoca antecedente al governo delle corporazioni sulla Terra e sulle colonie. Qualunque cosa stia cercando, però, riposa nei mari simili a sangue di un organismo di dimensioni planetarie chiamato mondo di carne.

I pericoli abbondano per Paige e le sue compagne di viaggio. Volare fuori dallo spazio tracciato significa che le corporazioni concorrenti possono sparare a vista piuttosto che rispettare i diritti di recupero. L'area è anche territorio di caccia delle macabre skinwrapper, corsare note per uccidere chiunque non si sottometta.

Ma la più grande minaccia per la missione di Paige sono i ripugnanti parassiti alieni che infestano il mondo di carne. Queste mostruosità simili a lamprede erano solite nuotare in un oceano di sangue e sono pronte a versarne un altro dalle vene delle straniere che hanno contaminato il loro habitat. Nel giro di poche ore, Paige scoprirà che non ci sono limiti alla depravazione e alla violenza dei grotteschi incubi noti come... ematofagi.

DICONO DEL ROMANZO:

Il ritmo, i dialoghi, i personaggi: tutto in The Hematophages *è solido.* (Sci-Fi & Scary)

Un gran bel mix che va da Alien a una versione rovesciata de La Cosa *di Carpenter e un worldbuilding che mi ha ricordato* The Skinner *di Neal Asher.* (Postcards From a Dying World)

Una sola parola instilla la paura persino nei cuori degli equipaggi più esperti...

A bordo dell'astronave mercantile Blue Whale, la giornata di una ragazza inizia come al solito: manda messaggi alle amiche mentre le sue genitrici discutono durante la colazione. Poi, con uno schiocco disgustoso, la tranquillità domestica va in frantumi.

Una sola parola si diffonde dal sistema di allarme...

NE VUOI ANCORA?

I notstri libri

https://lmbpninternational.com/it/i-nostri-libri/

Iscriviti alla nostra mailing list qui:

https://lmbpn.com/it/newsletter/

Unisciti alla nostra community su Facebook qui:

https://www.facebook.com/LMBPNit